Guillaume Apollinaire

Guillaume Apollinaire, de son vrai nom Wilhelm Apollinaris de Kostrowitzky, est le fils d'Angelica de Kostrowitzky, d'origine polonaise, et d'un officier italien. Né à Rome en 1880, il s'installe à Paris avec sa mère en 1900, avant de partir en Rhénanie pour occuper un poste de précepteur ; c'est à cette période qu'il publie ses premiers textes.
De retour à Paris, Guillaume Apollinaire devient proche des milieux littéraires et artistiques. Ami, entre autres, de Picasso, Derain, Alfred Jarry ou du Douanier Rousseau, il aura une liaison passionnée avec Marie Laurencin.
Après avoir collaboré à diverses revues, il publie son premier livre en 1909 : *L'Enchanteur pourrissant*, suivi d'autres recueils de contes et de poésies, dont Alcools, en 1913, qui rassemble ses meilleurs poèmes.
En 1914, Guillaume Apollinaire s'engage dans la Grande Guerre, dont il sort blessé en 1916. Ayant repris une grande activité littéraire, il publie notamment un « drame surréaliste », *Les Mamelles de Tirésias*, ainsi qu'un recueil d'« idéogrammes lyriques », *Calligrammes*.
Affaibli par sa blessure, touché par la grippe espagnole, Guillaume Apollinaire est mort pour la France le 9 novembre 1918.
Guillaume Apollinaire est considéré comme l'un des plus grands poètes français du XXe siècle – un « enchanteur » qui, sans couper la poésie française de son passé, a contribué, par une œuvre inventive et surprenante, à son renouveau.

ALCOOLS

suivis de

CALLIGRAMMES

CLASSIQUES À PETIT PRIX

ALAIN-FOURNIER
- *Le Grand Meaulnes*
ANTHOLOGIE
- *Des troubadours à Apollinaire*
APOLLINAIRE
- *Alcools* suivis de *Calligrammes*
BALZAC
- *Le Colonel Chabert*
BAUDELAIRE
- *Les Fleurs du mal*
LYMAN FRANK BAUM
- *Le Magicien d'Oz*
BEAUMARCHAIS
- *Le Barbier de Séville*
- *Le Mariage de Figaro*
BRONTË
- *Jane Eyre*
CARROLL
- *Alice au pays des merveilles*
CORNEILLE
- *L'Illusion comique*
- *Le Cid*
DAUDET
- *Lettres de mon moulin*
DIDEROT
- *Supplément au Voyage de Bougainville*
- *La Religieuse*
DUMAS
- *Les Borgia*
- *Les Trois Mousquetaires*
FITZGERALD
- *L'Étrange histoire de Benjamin Button*
- *Gatsby*
FLAUBERT
- *Madame Bovary*
- *Trois Contes*
GRIMM
- *Raiponce et autres contes*
- *Blanche-Neige et autres contes*
HUGO
- *Claude Gueux*
- *L'Homme qui rit*
- *Le Dernier Jour d'un condamné*
- *Les Misérables*
- *Lucrèce Borgia*
- *Ruy Blas*
LA BRUYÈRE
- *De la cour Des grands* suivi de *Du souverain ou de la république*
LACLOS
- *Amour, liaisons et libertinage*
LA FAYETTE
- *La Princesse de Montpensier*
LA FONTAINE
- *Fables* (choix de fables)
- *Fables* livres I à VI
MARIVAUX
- *L'Île des esclaves* suivie de *La Colonie*
- *Le Jeu de l'amour et du hasard*
MAUPASSANT
- *Bel Ami*
- *Boule de Suif* suivie de *Mademoiselle Fifi*
- *Le Horla et autres nouvelles fantastiques*
- *Pierre et Jean*
MÉRIMÉE
- *Carmen*
- *La Vénus d'Ille* suivie de *Djoumâne* et *Les Sorcières espagnoles*
MOLIÈRE
- *Dom Juan*
- *L'Avare*
- *L'École des femmes*
- *Le Médecin malgré lui*
- *Le Médecin volant* suivi de *L'Amour médecin*
- *Le Sicilien ou l'amour peintre*
- *Les Fourberies de Scapin*
MUSSET
- *On ne badine pas avec l'amour*
- *La Confession d'un enfant du siècle*
PERGAUD
- *La Guerre des boutons*
PERRAULT
- *Le Petit Chaperon rouge et autres contes*
RACINE
- *Phèdre*
RIMBAUD
- *Illuminations*
ROSTAND
- *Cyrano de Bergerac*
ROUSSEAU
- *Les Confessions* livres I à IV
SHAKESPEARE
- *Roméo et Juliette*
TOLSTOÏ
- *Anna Karénine*
VERLAINE
- *Jadis et Naguère*
VOLTAIRE
- *Candide*
- *L'Ingénu*
- *Zadig* suivi de *Micromégas*
ZOLA
- *Thérèse Raquin*
STEFAN ZWEIG
- *Lettre d'une inconnue* suivie du *Joueur d'échecs*
- *Vingt-Quatre Heures de la vie d'une femme* suivies du *Voyage dans le passé*

GUILLAUME APOLLINAIRE

ALCOOLS

suivis de

CALLIGRAMMES

POCKET

ISBN : 978-2-266-24320-9

Sommaire

ALCOOLS

Zone

À la fin tu es las de ce monde ancien

Bergère ô tour Eiffel le troupeau des ponts bêle ce matin

Tu en as assez de vivre dans l'antiquité grecque et romaine

Ici même les automobiles ont l'air d'être anciennes
La religion seule est restée toute neuve la religion
Est restée simple comme les hangars de Port-Aviation

Seul en Europe tu n'es pas antique ô Christianisme
L'Européen le plus moderne c'est vous Pape Pie X
Et toi que les fenêtres observent la honte te retient
D'entrer dans une église et de t'y confesser ce matin
Tu lis les prospectus les catalogues les affiches qui chantent tout haut
Voilà la poésie ce matin et pour la prose il y a les journaux
Il y a les livraisons à 25 centimes pleines d'aventures policières
Portraits des grands hommes et mille titres divers

J'ai vu ce matin une jolie rue dont j'ai oublié le nom
Neuve et propre du soleil elle était le clairon
Les directeurs les ouvriers et les belles sténo-dactylographes
Du lundi matin au samedi soir quatre fois par jour y passent

Le matin par trois fois la sirène y gémit
Une cloche rageuse y aboie vers midi
Les inscriptions des enseignes et des murailles
Les plaques les avis à la façon des perroquets criaillent
J'aime la grâce de cette rue industrielle
Située à Paris entre la rue Aumont-Thiéville et l'avenue des Ternes

Voilà la jeune rue et tu n'es encore qu'un petit enfant
Ta mère ne t'habille que de bleu et de blanc
Tu es très pieux et avec le plus ancien de tes camarades René Dalize
Vous n'aimez rien tant que les pompes de l'Église
Il est neuf heures le gaz est baissé tout bleu vous sortez du dortoir en cachette
Vous priez toute la nuit dans la chapelle du collège
Tandis qu'éternelle et adorable profondeur améthyste
Tourne à jamais la flamboyante gloire du Christ
C'est le beau lys que tous nous cultivons
C'est la torche aux cheveux roux que n'éteint pas le vent
C'est le fils pâle et vermeil de la douloureuse mère
C'est l'arbre toujours touffu de toutes les prières
C'est la double potence de l'honneur et de l'éternité
C'est l'étoile à six branches
C'est Dieu qui meurt le vendredi et ressuscite le dimanche
C'est le Christ qui monte au ciel mieux que les aviateurs
Il détient le record du monde pour la hauteur

Pupille Christ de l'œil
Vingtième pupille des siècles il sait y faire
Et changé en oiseau ce siècle comme Jésus monte dans l'air
Les diables dans les abîmes lèvent la tête pour le regarder
Ils disent qu'il imite Simon Mage en Judée
Ils crient s'il sait voler qu'on l'appelle voleur
Les anges voltigent autour du joli voltigeur
Icare Enoch Elie Apollonius de Thyane
Flottent autour du premier aéroplane
Ils s'écartent parfois pour laisser passer ceux que transporte la Sainte-Eucharistie
Ces prêtres qui montent éternellement élevant l'hostie
L'avion se pose enfin sans refermer les ailes
Le ciel s'emplit alors de millions d'hirondelles
À tire-d'aile viennent les corbeaux les faucons les hiboux
D'Afrique arrivent les ibis les flamants les marabouts
L'oiseau Roc célébré par les conteurs et les poètes
Plane tenant dans les serres le crâne d'Adam la première tête
L'aigle fond de l'horizon en poussant un grand cri
Et d'Amérique vient le petit colibri
De Chine sont venus les pihis longs et souples
Qui n'ont qu'une seule aile et qui volent par couples
Puis voici la colombe esprit immaculé
Qu'escortent l'oiseau-lyre et le paon ocellé
Le phénix ce bûcher qui soi-même s'engendre
Un instant voile tout de son ardente cendre
Les sirènes laissant les périlleux détroits

Arrivent en chantant bellement toutes trois
Et tous aigle phénix et pihis de la Chine
Fraternisent avec la volante machine

Maintenant tu marches dans Paris tout seul parmi la foule
Des troupeaux d'autobus mugissants près de toi roulent
L'angoisse de l'amour te serre le gosier
Comme si tu ne devais jamais plus être aimé
Si tu vivais dans l'ancien temps tu entrerais dans un monastère
Vous avez honte quand vous vous surprenez à dire une prière
Tu te moques de toi et comme le feu de l'Enfer ton rire pétille
Les étincelles de ton rire dorent le fond de ta vie
C'est un tableau pendu dans un sombre musée
Et quelquefois tu vas le regarder de près

Aujourd'hui tu marches dans Paris les femmes sont ensanglantées
C'était et je voudrais ne pas m'en souvenir c'était au déclin de la beauté

Entourée de flammes ferventes Notre-Dame m'a regardé à Chartres
Le sang de votre Sacré-Cœur m'a inondé à Montmartre
Je suis malade d'ouïr les paroles bienheureuses
L'amour dont je souffre est une maladie honteuse
Et l'image qui te possède te fait survivre dans l'insomnie et dans l'angoisse
C'est toujours près de toi cette image qui passe

Maintenant tu es au bord de la Méditerranée
Sous les citronniers qui sont en fleur toute l'année
Avec tes amis tu te promènes en barque
L'un est Nissard il y a un Mentonasque et deux Turbiasques
Nous regardons avec effroi les poulpes des profondeurs
Et parmi les algues nagent les poissons images du Sauveur

Tu es dans le jardin d'une auberge aux environs de Prague
Tu te sens tout heureux une rose est sur la table
Et tu observes au lieu d'écrire ton conte en prose
La cétoine qui dort dans le cœur de la rose

Épouvanté tu te vois dessiné dans les agates de Saint-Vit
Tu étais triste à mourir le jour où tu t'y vis
Tu ressembles au Lazare affolé par le jour
Les aiguilles de l'horloge du quartier juif vont à rebours
Et tu recules aussi dans ta vie lentement
En montant au Hradchin et le soir en écoutant
Dans les tavernes chanter des chansons tchèques

Te voici à Marseille au milieu des pastèques

Te voici à Coblence à l'hôtel du Géant

Te voici à Rome assis sous un néflier du Japon

Te voici à Amsterdam avec une jeune fille que tu trouves belle et qui est laide

Elle doit se marier avec un étudiant de Leyde
On y loue des chambres en latin Cubicula locanda

Je m'en souviens j'y ai passé trois jours et autant à
Gouda

Tu es à Paris chez le juge d'instruction
Comme un criminel on te met en état d'arrestation

Tu as fait de douloureux et de joyeux voyages
Avant de t'apercevoir du mensonge et de l'âge
Tu as souffert de l'amour à vingt et à trente ans
J'ai vécu comme un fou et j'ai perdu mon temps
Tu n'oses plus regarder tes mains et à tous moments
je voudrais sangloter
Sur toi sur celle que j'aime sur tout ce qui t'a épouvanté

Tu regardes les yeux pleins de larmes ces pauvres
émigrants
Ils croient en Dieu ils prient les femmes allaitent des
enfants
Ils emplissent de leur odeur le hall de la gare Saint-Lazare
Ils ont foi dans leur étoile comme les rois-mages
Ils espèrent gagner de l'argent dans l'Argentine
Et revenir dans leur pays après avoir fait fortune
Une famille transporte un édredon rouge comme vous
transportez votre cœur
Cet édredon et nos rêves sont aussi irréels
Quelques-uns de ces émigrants restent ici et se logent

Rue des Rosiers ou rue des Écouffes dans des bouges
Je les ai vus souvent le soir ils prennent l'air dans la rue
Et se déplacent rarement comme les pièces aux échecs
Il y a surtout des Juifs leurs femmes portent perruque
Elles restent assises exsangues au fond des boutiques

Tu es debout devant le zinc d'un bar crapuleux
Tu prends un café à deux sous parmi les malheureux

Tu es la nuit dans un grand restaurant

Ces femmes ne sont pas méchantes elles ont des soucis
cependant
Toutes même la plus laide a fait souffrir son amant

Elle est la fille d'un sergent de ville de Jersey

Ses mains que je n'avais pas vues sont dures et gercées

J'ai une pitié immense pour les coutures de son ventre

J'humilie maintenant à une pauvre fille au rire horrible
ma bouche

Tu es seul le matin va venir
Les laitiers font tinter leurs bidons dans les rues

La nuit s'éloigne ainsi qu'une belle Métive
C'est Ferdine la fausse ou Léa l'attentive

Et tu bois cet alcool brûlant comme ta vie
Ta vie que tu bois comme une eau-de-vie

Tu marches vers Auteuil tu veux aller chez toi à pied
Dormir parmi tes fétiches d'Océanie et de Guinée
Ils sont des Christ d'une autre forme et d'une autre
croyance
Ce sont les Christ inférieurs des obscures espérances

Adieu Adieu

Soleil cou coupé

Le pont Mirabeau

Sous le pont Mirabeau coule la Seine
Et nos amours
Faut-il qu'il m'en souvienne
La joie venait toujours après la peine

Vienne la nuit sonne l'heure
Les jours s'en vont je demeure

Les mains dans les mains restons face à face
Tandis que sous
Le pont de nos bras passe
Des éternels regards l'onde si lasse

Vienne la nuit sonne l'heure
Les jours s'en vont je demeure

L'amour s'en va comme cette eau courante
L'amour s'en va
Comme la vie est lente
Et comme l'Espérance est violente

Vienne la nuit sonne l'heure
Les jours s'en vont je demeure

Passent les jours et passent les semaines
    Ni temps passé
  Ni les amours reviennent
Sous le pont Mirabeau coule la Seine

    Vienne la nuit sonne l'heure
    Les jours s'en vont je demeure

La Chanson du Mal-Aimé

À Paul Léautaud.

Et je chantais cette romance
En 1903 sans savoir
Que mon amour à la semblance
Du beau Phénix s'il meurt un soir
Le matin voit sa renaissance.

Un soir de demi-brume à Londres
Un voyou qui ressemblait à
Mon amour vint à ma rencontre
Et le regard qu'il me jeta
Me fit baisser les yeux de honte

Je suivis ce mauvais garçon
Qui sifflotait mains dans les poches
Nous semblions entre les maisons
Onde ouverte de la mer Rouge
Lui les Hébreux moi Pharaon

Que tombent ces vagues de briques
Si tu ne fus pas bien aimée
Je suis le souverain d'Égypte
Sa sœur-épouse son armée
Si tu n'es pas l'amour unique

Au tournant d'une rue brûlant
De tous les feux de ses façades

Plaies du brouillard sanguinolent
Où se lamentaient les façades
Une femme lui ressemblant

C'était son regard d'inhumaine
La cicatrice à son cou nu
Sortit saoule d'une taverne
Au moment où je reconnus
La fausseté de l'amour même

Lorsqu'il fut de retour enfin
Dans sa patrie le sage Ulysse
Son vieux chien de lui se souvint
Près d'un tapis de haute lisse
Sa femme attendait qu'il revînt

L'époux royal de Sacontale
Las de vaincre se réjouit
Quand il la retrouva plus pâle
D'attente et d'amour yeux pâlis
Caressant sa gazelle mâle

J'ai pensé à ces rois heureux
Lorsque le faux amour et celle
Dont je suis encore amoureux
Heurtant leurs ombres infidèles
Me rendirent si malheureux

Regrets sur quoi l'enfer se fonde
Qu'un ciel d'oubli s'ouvre à mes vœux
Pour son baiser les rois du monde

La Chanson du Mal-Aimé

Seraient morts les pauvres fameux
Pour elle eussent vendu leur ombre

J'ai hiverné dans mon passé
Revienne le soleil de Pâques
Pour chauffer un cœur plus glacé
Que les quarante de Sébaste
Moins que ma vie martyrisés

Mon beau navire ô ma mémoire
Avons-nous assez navigué
Dans une onde mauvaise à boire
Avons-nous assez divagué
De la belle aube au triste soir

Adieu faux amour confondu
Avec la femme qui s'éloigne
Avec celle que j'ai perdue
L'année dernière en Allemagne
Et que je ne reverrai plus

Voie lactée ô sœur lumineuse
Des blancs ruisseaux de Chanaan
Et des corps blancs des amoureuses
Nageurs morts suivrons-nous d'ahan
Ton cours vers d'autres nébuleuses

Je me souviens d'une autre année
C'était l'aube d'un jour d'avril
J'ai chanté ma joie bien-aimée
Chanté l'amour à voix virile
Au moment d'amour de l'année

AUBADE
CHANTÉE À LÆTARE UN AN PASSÉ

C'est le printemps viens-t'en Pâquette
Te promener au bois joli
Les poules dans la cour caquètent
L'aube au ciel fait de roses plis
L'amour chemine à ta conquête

Mars et Vénus sont revenus
Ils s'embrassent à bouches folles
Devant des sites ingénus
Où sous les roses qui feuillolent
De beaux dieux roses dansent nus

Viens ma tendresse est la régente
De la floraison qui paraît
La nature est belle et touchante
Pan sifflote dans la forêt
Les grenouilles humides chantent

La Chanson du Mal-Aimé

Beaucoup de ces dieux ont péri
C'est sur eux que pleurent les saules
Le grand Pan l'amour Jésus-Christ
Sont bien morts et les chats miaulent
Dans la cour je pleure à Paris

Moi qui sais des lais pour les reines
Les complaintes de mes années
Des hymnes d'esclave aux murènes
La romance du mal aimé
Et des chansons pour les sirènes

L'amour est mort j'en suis tremblant
J'adore de belles idoles
Les souvenirs lui ressemblant
Comme la femme de Mausole
Je reste fidèle et dolent

Je suis fidèle comme un dogue
Au maître le lierre au tronc
Et les Cosaques Zaporogues
Ivrognes pieux et larrons
Aux steppes et au décalogue

Portez comme un joug le Croissant
Qu'interrogent les astrologues
Je suis le Sultan tout-puissant
Ô mes Cosaques Zaporogues
Votre Seigneur éblouissant

Devenez mes sujets fidèles
Leur avait écrit le Sultan
Ils rirent à cette nouvelle
Et répondirent à l'instant
À la lueur d'une chandelle

RÉPONSE DES COSAQUES ZAPOROGUES
AU SULTAN DE CONSTANTINOPLE

Plus criminel que Barrabas
Cornu comme les mauvais anges
Quel Belzébuth es-tu là-bas
Nourri d'immondice et de fange
Nous n'irons pas à tes sabbats

Poisson pourri de Salonique
Long collier des sommeils affreux
D'yeux arrachés à coup de pique
Ta mère fit un pet foireux
Et tu naquis de sa colique

Bourreau de Podolie Amant
Des plaies des ulcères des croûtes
Groin de cochon cul de jument
Tes richesses garde-les toutes
Pour payer tes médicaments

Voie lactée ô sœur lumineuse
Des blancs ruisseaux de Chanaan
Et des corps blancs des amoureuses
Nageurs morts suivrons-nous d'ahan
Ton cours vers d'autres nébuleuses

Regret des yeux de la putain
Et belle comme une panthère
Amour vos baisers florentins
Avaient une saveur amère
Qui a rebuté nos destins

Ses regards laissaient une traîne
D'étoiles dans les soirs tremblants
Dans ses yeux nageaient les sirènes
Et nos baisers mordus sanglants
Faisaient pleurer nos fées marraines

Mais en vérité je l'attends
Avec mon cœur avec mon âme
Et sur le pont des Reviens-t'en
Si jamais revient cette femme
Je lui dirai Je suis content

Mon cœur et ma tête se vident
Tout le ciel s'écoule par eux
Ô mes tonneaux des Danaïdes
Comment faire pour être heureux
Comme un petit enfant candide

La Chanson du Mal-Aimé

Je ne veux jamais l'oublier
Ma colombe ma blanche rade
Ô marguerite exfoliée
Mon île au loin ma Désirade
Ma rose mon giroflier

Les satyres et les pyraustes
Les égypans les feux follets
Et les destins damnés ou faustes
La corde au cou comme à Calais
Sur ma douleur quel holocauste

Douleur qui doubles les destins
La licorne et le capricorne
Mon âme et mon corps incertain
Te fuient ô bûcher divin qu'ornent
Des astres des fleurs du matin

Malheur dieu pâle aux yeux d'ivoire
Tes prêtres fous t'ont-ils paré
Tes victimes en robe noire
Ont-elles vainement pleuré
Malheur dieu qu'il ne faut pas croire

Et toi qui me suis en rampant
Dieu de mes dieux morts en automne
Tu mesures combien d'empans
J'ai droit que la terre me donne
Ô mon ombre ô mon vieux serpent

Au soleil parce que tu l'aimes
Je t'ai menée souviens-t'en bien

Ténébreuse épouse que j'aime
Tu es à moi en n'étant rien
Ô mon ombre en deuil de moi-même

L'hiver est mort tout enneigé
On a brûlé les ruches blanches
Dans les jardins et les vergers
Les oiseaux chantent sur les branches
Le printemps clair l'avril léger

Mort d'immortels argyraspides
La neige aux boucliers d'argent
Fuit les dendrophores livides
Du printemps cher aux pauvres gens
Qui resourient les yeux humides

Et moi j'ai le cœur aussi gros
Qu'un cul de dame damascène
Ô mon amour je t'aimais trop
Et maintenant j'ai trop de peine
Les sept épées hors du fourreau

Sept épées de mélancolie
Sans morfil ô claires douleurs
Sont dans mon cœur et la folie
Veut raisonner pour mon malheur
Comment voulez-vous que j'oublie

LES SEPT ÉPÉES

La première est toute d'argent
Et son nom tremblant c'est Pâline
Sa lame un ciel d'hiver neigeant
Son destin sanglant gibeline
Vulcain mourut en la forgeant

La seconde nommée Noubosse
Est un bel arc-en-ciel joyeux
Les dieux s'en servent à leurs noces
Elle a tué trente Bé-Rieux
Et fut douée par Carabosse

La troisième bleu féminin
N'en est pas moins un chibriape
Appelé Lul de Faltenin
Et que porte sur une nappe
L'Hermès Ernest devenu nain

La quatrième Malourène
Est un fleuve vert et doré
C'est le soir quand les riveraines
Y baignent leurs corps adorés
Et des chants de rameurs s'y traînent

La cinquième Sainte-Fabeau
C'est la plus belle des quenouilles
C'est un cyprès sur un tombeau
Où les quatre vents s'agenouillent
Et chaque nuit c'est un flambeau

La sixième métal de gloire
C'est l'ami aux si douces mains
Dont chaque matin nous sépare
Adieu voilà votre chemin
Les coqs s'épuisaient en fanfares

Et la septième s'exténue
Une femme une rose morte
Merci que le dernier venu
Sur mon amour ferme la porte
Je ne vous ai jamais connue

La Chanson du Mal-Aimé

Voie lactée ô sœur lumineuse
Des blancs ruisseaux de Chanaan
Et des corps blancs des amoureuses
Nageurs morts suivrons-nous d'ahan
Ton cours vers d'autres nébuleuses

Les démons du hasard selon
Le chant du firmament nous mènent
À sons perdus leurs violons
Font danser notre race humaine
Sur la descente à reculons

Destins destins impénétrables
Rois secoués par la folie
Et ces grelottantes étoiles
De fausses femmes dans vos lits
Aux déserts que l'histoire accable

Luitpold le vieux prince régent
Tuteur de deux royautés folles
Sanglote-t-il en y songeant
Quand vacillent les lucioles
Mouches dorées de la Saint-Jean

Près d'un château sans châtelaine
La barque aux barcarols chantants
Sur un lac blanc et sous l'haleine
Des vents qui tremblent au printemps
Voguait cygne mourant sirène

Un jour le roi dans l'eau d'argent
Se noya puis la bouche ouverte
Il s'en revint en surnageant
Sur la rive dormir inerte
Face tournée au ciel changeant

Juin ton soleil ardente lyre
Brûle mes doigts endoloris
Triste et mélodieux délire
J'erre à travers mon beau Paris
Sans avoir le cœur d'y mourir

Les dimanches s'y éternisent
Et les orgues de Barbarie
Y sanglotent dans les cours grises
Les fleurs aux balcons de Paris
Penchent comme la tour de Pise

Soirs de Paris ivres du gin
Flambant de l'électricité
Les tramways feux verts sur l'échine
Musiquent au long des portées
De rails leur folie de machines

Les cafés gonflés de fumée
Crient tout l'amour de leurs tziganes
De tous leurs siphons enrhumés
De leurs garçons vêtus d'un pagne
Vers toi toi que j'ai tant aimée

La Chanson du Mal-Aimé

Moi qui sais des lais pour les reines
Les complaintes de mes années
Des hymnes d'esclave aux murènes
La romance du mal aimé
Et des chansons pour les sirènes

Les colchiques

Le pré est vénéneux mais joli en automne
Les vaches y paissant
Lentement s'empoisonnent
Le colchique couleur de cerne et de lilas
Y fleurit tes yeux sont comme cette fleur-là
Violâtres comme leur cerne et comme cet automne
Et ma vie pour tes yeux lentement s'empoisonne

Les enfants de l'école viennent avec fracas
Vêtus de hoquetons et jouant de l'harmonica
Ils cueillent les colchiques qui sont comme des mères
Filles de leurs filles et sont couleur de tes paupières
Qui battent comme les fleurs battent au vent dément

Le gardien du troupeau chante tout doucement
Tandis que lentes et meuglant les vaches abandonnent
Pour toujours ce grand pré mal fleuri par l'automne

Palais

À Max Jacob.

Vers le palais de Rosemonde au fond du Rêve
Mes rêveuses pensées pieds nus vont en soirée
Le palais don du roi comme un roi nu s'élève
Des chairs fouettées des roses de la roseraie

On voit venir au fond du jardin mes pensées
Qui sourient du concert joué par les grenouilles
Elles ont envie des cyprès grandes quenouilles
Et le soleil miroir des roses s'est brisé

Le stigmate sanglant des mains contre les vitres
Quel archer mal blessé du couchant le troua
La résine qui rend amer le vin de Chypre
Ma bouche aux agapes d'agneau blanc l'éprouva

Sur les genoux pointus du monarque adultère
Sur le mai de son âge et sur son trente et un
Madame Rosemonde roule avec mystère
Ses petits yeux tout ronds pareils aux yeux des Huns

Dame de mes pensées au cul de perle fine
Dont ni perle ni cul n'égale l'orient
Qui donc attendez-vous
De rêveuses pensées en marche à l'Orient
Mes plus belles voisines

Toc toc Entrez dans l'antichambre le jour baisse
La veilleuse dans l'ombre est un bijou d'or cuit
Pendez vos têtes aux patères par les tresses
Le ciel presque nocturne a des lueurs d'aiguilles

On entra dans la salle à manger les narines
Reniflaient une odeur de graisse et de graillon
On eut vingt potages dont trois couleurs d'urine
Et le roi prit deux œufs pochés dans du bouillon

Puis les marmitons apportèrent les viandes
Des rôtis de pensées mortes dans mon cerveau
Mes beaux rêves mort-nés en tranches bien saignantes
Et mes souvenirs faisandés en godiveaux

Or ces pensées mortes depuis des millénaires
Avaient le fade goût des grands mammouths gelés
Les os ou songe-creux venaient des ossuaires
En danse macabre aux plis de mon cervelet

Et tous ces mets criaient des choses nonpareilles
    Mais nom de Dieu !
    Ventre affamé n'a pas d'oreilles
Et les convives mastiquaient à qui mieux mieux

Ah ! nom de Dieu ! qu'ont donc crié ces entrecôtes
Ces grands pâtés ces os à moelle et mirotons
Langues de feu où sont-elles mes pentecôtes
Pour mes pensées de tous pays de tous les temps

Chantre

Et l'unique cordeau des trompettes marines

Crépuscule

À Mademoiselle Marie Laurencin.

Frôlée par les ombres des morts
Sur l'herbe où le jour s'exténue
L'arlequine s'est mise nue
Et dans l'étang mire son corps

Un charlatan crépusculaire
Vante les tours que l'on va faire
Le ciel sans teinte est constellé
D'astres pâles comme du lait

Sur les tréteaux l'arlequin blême
Salue d'abord les spectateurs
Des sorciers venus de Bohême
Quelques fées et les enchanteurs

Ayant décroché une étoile
Il la manie à bras tendu
Tandis que des pieds un pendu
Sonne en mesure les cymbales

L'aveugle berce un bel enfant
La biche passe avec ses faons
Le nain regarde d'un air triste
Grandir l'arlequin trismégiste

Annie

Sur la côte du Texas
Entre Mobile et Galveston il y a
Un grand jardin tout plein de roses
Il contient aussi une villa
Qui est une grande rose

Une femme se promène souvent
Dans le jardin toute seule
Et quand je passe sur la route bordée de tilleuls
Nous nous regardons

Comme cette femme est mennonite
Ses rosiers et ses vêtements n'ont pas de boutons
Il en manque deux à mon veston
La dame et moi suivons presque le même rite

La maison des morts

À Maurice Raynal.

S'étendant sur les côtés du cimetière
La maison des morts l'encadrait comme un cloître
À l'intérieur de ses vitrines
Pareilles à celles des boutiques de modes
Au lieu de sourire debout
Les mannequins grimaçaient pour l'éternité

Arrivé à Munich depuis quinze ou vingt jours
J'étais entré pour la première fois et par hasard
Dans ce cimetière presque désert
Et je claquais des dents
Devant toute cette bourgeoisie
Exposée et vêtue le mieux possible
En attendant la sépulture

Soudain
Rapide comme ma mémoire
Les yeux se rallumèrent
De cellule vitrée en cellule vitrée
Le ciel se peupla d'une apocalypse
Vivace

Et la terre plate à l'infini
Comme avant Galilée
Se couvrit de mille mythologies immobiles

La maison des morts

Un ange en diamant brisa toutes les vitrines
Et les morts m'accostèrent
Avec des mines de l'autre monde

Mais leur visage et leurs attitudes
Devinrent bientôt moins funèbres
Le ciel et la terre perdirent
Leur aspect fantasmagorique

Les morts se réjouissaient
De voir leurs corps trépassés entre eux et la lumière
Ils riaient de leur ombre et l'observaient
Comme si véritablement
C'eût été leur vie passée

Alors je les dénombrai
Ils étaient quarante-neuf hommes
Femmes et enfants
Qui embellissaient à vue d'œil
Et me regardaient maintenant
Avec tant de cordialité
Tant de tendresse même
Que les prenant en amitié
Tout à coup
Je les invitai à une promenade
Loin des arcades de leur maison

Et tous bras dessus bras dessous
Fredonnant des airs militaires
Oui tous vos péchés sont absous
Nous quittâmes le cimetière

Nous traversâmes la ville
Et rencontrions souvent
Des parents des amis qui se joignaient
À la petite troupe des morts récents
Tous étaient si gais
Si charmants si bien portants
Que bien malin qui aurait pu
Distinguer les morts des vivants

Puis dans la campagne
On s'éparpilla
Deux chevau-légers nous joignirent
On leur fit fête
Ils coupèrent du bois de viorne
Et de sureau
Dont ils firent des sifflets
Qu'ils distribuèrent aux enfants

Plus tard dans un bal champêtre
Les couples mains sur les épaules
Dansèrent au son aigre des cithares

Ils n'avaient pas oublié la danse
Ces morts et ces mortes
On buvait aussi
Et de temps à autre une cloche
Annonçait qu'un nouveau tonneau
Allait être mis en perce

Une morte assise sur un banc
Près d'un buisson d'épine-vinette

Laissait un étudiant
Agenouillé à ses pieds
Lui parler de fiançailles

Je vous attendrai
Dix ans vingt ans s'il le faut
Votre volonté sera la mienne

Je vous attendrai
Toute votre vie
Répondait la morte

Des enfants
De ce monde ou bien de l'autre
Chantaient de ces rondes
Aux paroles absurdes et lyriques
Qui sans doute sont les restes
Des plus anciens monuments poétiques
De l'humanité

L'étudiant passa une bague
À l'annulaire de la jeune morte
Voici le gage de mon amour
De nos fiançailles
Ni le temps ni l'absence
Ne nous feront oublier nos promesses
Et un jour nous aurons une belle noce
Des touffes de myrte
À nos vêtements et dans vos cheveux
Un beau sermon à l'église

De longs discours après le banquet
Et de la musique
De la musique

Nos enfants
Dit la fiancée
Seront plus beaux plus beaux encore
Hélas ! la bague était brisée
Que s'ils étaient d'argent ou d'or
D'émeraude ou de diamant
Seront plus clairs plus clairs encore
Que les astres du firmament
Que la lumière de l'aurore
Que vos regards mon fiancé
Auront meilleure odeur encore
Hélas ! la bague était brisée
Que le lilas qui vient d'éclore
Que le thym la rose ou qu'un brin
De lavande ou de romarin

Les musiciens s'en étant allés
Nous continuâmes la promenade

Au bord d'un lac
On s'amusa à faire des ricochets
Avec des cailloux plats
Sur l'eau qui dansait à peine

Des barques étaient amarrées
Dans un havre
On les détacha

La maison des morts

Après que toute la troupe se fut embarquée
Et quelques morts ramaient
Avec autant de vigueur que les vivants

À l'avant du bateau que je gouvernais
Un mort parlait avec une jeune femme
Vêtue d'une robe jaune
D'un corsage noir
Avec des rubans bleus et d'un chapeau gris
Orné d'une seule petite plume défrisée

Je vous aime
Disait-il
Comme le pigeon aime la colombe
Comme l'insecte nocturne
Aime la lumière

Trop tard
Répondait la vivante
Repoussez repoussez cet amour défendu
Je suis mariée
Voyez l'anneau qui brille
Mes mains tremblent
Je pleure et je voudrais mourir

Les barques étaient arrivées
À un endroit où les chevau-légers
Savaient qu'un écho répondait de la rive
On ne se lassait point de l'interroger
Il y eut des questions si extravagantes
Et des réponses tellement pleines d'à-propos

Que c'était à mourir de rire
Et le mort disait à la vivante

Nous serions si heureux ensemble
Sur nous l'eau se refermera
Mais vous pleurez et vos mains tremblent
Aucun de nous ne reviendra

On reprit terre et ce fut le retour
Les amoureux s'entr'aimaient
Et par couples aux belles bouches
Marchaient à distances inégales
Les morts avaient choisi les vivantes
Et les vivants
Des mortes
Un genévrier parfois
Faisait l'effet d'un fantôme

Les enfants déchiraient l'air
En soufflant les joues creuses
Dans leurs sifflets de viorne
Ou de sureau
Tandis que les militaires
Chantaient des tyroliennes
En se répondant comme on le fait
Dans la montagne

Dans la ville
Notre troupe diminua peu à peu
On se disait
Au revoir

La maison des morts

À demain
À bientôt
Beaucoup entraient dans les brasseries
Quelques-uns nous quittèrent
Devant une boucherie canine
Pour y acheter leur repas du soir

Bientôt je restai seul avec ces morts
Qui s'en allaient tout droit
Au cimetière
Où
Sous les Arcades
Je les reconnus
Couchés
Immobiles
Et bien vêtus
Attendant la sépulture derrière les vitrines

Ils ne se doutaient pas
De ce qui s'était passé
Mais les vivants en gardaient le souvenir
C'était un bonheur inespéré
Et si certain
Qu'ils ne craignaient point de le perdre

Ils vivaient si noblement
Que ceux qui la veille encore
Les regardaient comme leurs égaux
Ou même quelque chose de moins
Admiraient maintenant
Leur puissance leur richesse et leur génie

Car y a-t-il rien qui vous élève
Comme d'avoir aimé un mort ou une morte
On devient si pur qu'on en arrive
Dans les glaciers de la mémoire
À se confondre avec le souvenir
On est fortifié pour la vie
Et l'on n'a plus besoin de personne

Clotilde

L'anémone et l'ancolie
Ont poussé dans le jardin
Où dort la mélancolie
Entre l'amour et le dédain

Il y vient aussi nos ombres
Que la nuit dissipera
Le soleil qui les rend sombres
Avec elles disparaîtra

Les déités des eaux vives
Laissent couler leurs cheveux
Passe il faut que tu poursuives
Cette belle ombre que tu veux

Cortège

À M. Léon Bailby.

Oiseau tranquille au vol inverse oiseau
Qui nidifie en l'air
À la limite où notre sol brille déjà
Baisse ta deuxième paupière la terre t'éblouit
Quand tu lèves la tête

Et moi aussi de près je suis sombre et terne
Une brume qui vient d'obscurcir les lanternes
Une main qui tout à coup se pose devant les yeux
Une voûte entre vous et toutes les lumières
Et je m'éloignerai m'illuminant au milieu d'ombres
Et d'alignements d'yeux des astres bien-aimés

Oiseau tranquille au vol inverse oiseau
Qui nidifie en l'air
À la limite où brille déjà ma mémoire
Baisse ta deuxième paupière
Ni à cause du soleil ni à cause de la terre
Mais pour ce feu oblong dont l'intensité ira s'augmentant
Au point qu'il deviendra un jour l'unique lumière

Un jour
Un jour je m'attendais moi-même
Je me disais Guillaume il est temps que tu viennes

Cortège

Pour que je sache enfin celui-là que je suis
Moi qui connais les autres
Je les connais par les cinq sens et quelques autres
Il me suffit de voir leurs pieds pour pouvoir refaire ces gens à milliers
De voir leurs pieds paniques un seul de leurs cheveux
Ou leur langue quand il me plaît de faire le médecin
Ou leurs enfants quand il me plaît de faire le prophète
Les vaisseaux des armateurs la plume de mes confrères
La monnaie des aveugles les mains des muets
Ou bien encore à cause du vocabulaire et non de l'écriture
Une lettre écrite par ceux qui ont plus de vingt ans
Il me suffit de sentir l'odeur de leurs églises
L'odeur des fleuves dans leurs villes
Le parfum des fleurs dans les jardins publics
Ô Corneille Agrippa l'odeur d'un petit chien m'eût suffi
Pour décrire exactement tes concitoyens de Cologne
Leurs rois-mages et la ribambelle ursuline
Qui t'inspirait l'erreur touchant toutes les femmes
Il me suffit de goûter la saveur du laurier qu'on cultive pour que j'aime ou que je bafoue
Et de toucher les vêtements
Pour ne pas douter si l'on est frileux ou non
Ô gens que je connais
Il me suffit d'entendre le bruit de leurs pas
Pour pouvoir indiquer à jamais la direction qu'ils ont prise
Il me suffit de tous ceux-là pour me croire le droit
De ressusciter les autres
Un jour je m'attendais moi-même

Je me disais Guillaume il est temps que tu viennes
Et d'un lyrique pas s'avançaient ceux que j'aime
Parmi lesquels je n'étais pas
Les géants couverts d'algues passaient dans leurs villes
Sous-marines où les tours seules étaient des îles
Et cette mer avec les clartés de ses profondeurs
Coulait sang de mes veines et fait battre mon cœur
Puis sur terre il venait mille peuplades blanches
Dont chaque homme tenait une rose à la main
Et le langage qu'ils inventaient en chemin
Je l'appris de leur bouche et je le parle encore
Le cortège passait et j'y cherchais mon corps
Tous ceux qui survenaient et n'étaient pas moi-même
Amenaient un à un les morceaux de moi-même
On me bâtit peu à peu comme on élève une tour
Les peuples s'entassaient et je parus moi-même
Qu'ont formé tous les corps et les choses humaines

Temps passés Trépassés Les dieux qui me formâtes
Je ne vis que passant ainsi que vous passâtes
Et détournant mes yeux de ce vide avenir
En moi-même je vois tout le passé grandir

Rien n'est mort que ce qui n'existe pas encore
Près du passé luisant demain est incolore
Il est informe aussi près de ce qui parfait
Présente tout ensemble et l'effort et l'effet

Marizibill

Dans la Haute-Rue à Cologne
Elle allait et venait le soir
Offerte à tous en tout mignonne
Puis buvait lasse des trottoirs
Très tard dans les brasseries borgnes

Elle se mettait sur la paille
Pour un maquereau roux et rose
C'était un juif il sentait l'ail
Et l'avait venant de Formose
Tirée d'un bordel de Changaï

Je connais gens de toutes sortes
Ils n'égalent pas leurs destins
Indécis comme feuilles mortes
Leurs yeux sont des feux mal éteints
Leurs cœurs bougent comme leurs portes

Le voyageur

À Fernand Fleuret.

Ouvrez-moi cette porte où je frappe en pleurant

La vie est variable aussi bien que l'Euripe

Tu regardais un banc de nuages descendre
Avec le paquebot orphelin vers les fièvres futures
Et de tous ces regrets de tous ces repentirs
        Te souviens-tu

Vagues poissons arqués fleurs surmarines
Une nuit c'était la mer
Et les fleuves s'y répandaient

Je m'en souviens je m'en souviens encore

Un soir je descendis dans une auberge triste
Auprès de Luxembourg
Dans le fond de la salle il s'envolait un Christ
Quelqu'un avait un furet
Un autre un hérisson
L'on jouait aux cartes
Et toi tu m'avais oublié

Te souviens-tu du long orphelinat des gares
Nous traversâmes des villes qui tout le jour tournaient

Et vomissaient la nuit le soleil des journées
Ô matelots ô femmes sombres et vous mes compagnons
        Souvenez-vous-en

Deux matelots qui ne s'étaient jamais quittés
Deux matelots qui ne s'étaient jamais parlé
Le plus jeune en mourant tomba sur le côté

        Ô vous chers compagnons
Sonneries électriques des gares chant des moissonneuses
Traîneau d'un boucher régiment des rues sans nombre
Cavalerie des ponts nuits livides de l'alcool
Les villes que j'ai vues vivaient comme des folles

Te souviens-tu des banlieues et du troupeau plaintif des paysages

Les cyprès projetaient sous la lune leurs ombres
J'écoutais cette nuit au déclin de l'été
Un oiseau langoureux et toujours irrité
Et le bruit éternel d'un fleuve large et sombre

Mais tandis que mourants roulaient vers l'estuaire
Tous les regards tous les regards de tous les yeux
Les bords étaient déserts herbus silencieux
Et la montagne à l'autre rive était très claire

Alors sans bruit sans qu'on pût voir rien de vivant
Contre le mont passèrent des ombres vivaces
De profil ou soudain tournant leurs vagues faces
Et tenant l'ombre de leurs lances en avant

Les ombres contre le mont perpendiculaire
Grandissaient ou parfois s'abaissaient brusquement
Et ces ombres barbues pleuraient humainement
En glissant pas à pas sur la montagne claire

Qui donc reconnais-tu sur ces vieilles photographies
Te souviens-tu du jour où une abeille tomba dans le feu
C'était tu t'en souviens à la fin de l'été
Deux matelots qui ne s'étaient jamais quittés
L'aîné portait au cou une chaîne de fer
Le plus jeune mettait ses cheveux blonds en tresse

Ouvrez-moi cette porte où je frappe en pleurant

La vie est variable aussi bien que l'Euripe

Marie

Vous y dansiez petite fille
Y danserez-vous mère-grand
C'est la maclotte qui sautille
Toutes les cloches sonneront
Quand donc reviendrez-vous Marie

Les masques sont silencieux
Et la musique est si lointaine
Qu'elle semble venir des cieux
Oui je veux vous aimer mais vous aimer à peine
Et mon mal est délicieux

Les brebis s'en vont dans la neige
Flocons de laine et ceux d'argent
Des soldats passent et que n'ai-je
Un cœur à moi ce cœur changeant
Changeant et puis encor que sais-je

Sais-je où s'en iront tes cheveux
Crépus comme mer qui moutonne
Sais-je où s'en iront tes cheveux
Et tes mains feuilles de l'automne
Que jonchent aussi nos aveux

Je passais au bord de la Seine
Un livre ancien sous le bras
Le fleuve est pareil à ma peine
Il s'écoule et ne tarit pas
Quand donc finira la semaine

La blanche neige

Les anges les anges dans le ciel
L'un est vêtu en officier
L'un est vêtu en cuisinier
Et les autres chantent

Bel officier couleur du ciel
Le doux printemps longtemps après Noël
Te médaillera d'un beau soleil
        D'un beau soleil

Le cuisinier plume les oies
        Ah ! tombe neige
        Tombe et que n'ai-je
Ma bien-aimée entre mes bras

Poème lu au mariage d'André Salmon

Le 13 juillet 1909.

En voyant des drapeaux ce matin je ne me suis pas dit
Voilà les riches vêtements des pauvres
Ni la pudeur démocratique veut me voiler sa douleur
Ni la liberté en honneur fait qu'on imite maintenant
Les feuilles ô liberté végétale ô seule liberté terrestre
Ni les maisons flambent parce qu'on partira pour ne plus revenir
Ni ces mains agitées travailleront demain pour nous tous
Ni même on a pendu ceux qui ne savaient pas profiter de la vie
Ni même on renouvelle le monde en reprenant la Bastille
Je sais que seuls le renouvellent ceux qui sont fondés en poésie
On a pavoisé Paris parce que mon ami André Salmon s'y marie

Nous nous sommes rencontrés dans un caveau maudit
Au temps de notre jeunesse
Fumant tous deux et mal vêtus attendant l'aube
Epris épris des mêmes paroles dont il faudra changer le sens

Trompés trompés pauvres petits et ne sachant pas encore rire
La table et les deux verres devinrent un mourant qui nous jeta le dernier regard d'Orphée
Les verres tombèrent se brisèrent
Et nous apprîmes à rire
Nous partîmes alors pèlerins de la perdition
À travers les rues à travers les contrées à travers la raison
Je le revis au bord du fleuve sur lequel flottait Ophélie
Qui blanche flotte encore entre les nénuphars
Il s'en allait au milieu des Hamlets blafards
Sur la flûte jouant les airs de la folie
Je le revis près d'un moujik mourant compter les béatitudes
En admirant la neige semblable aux femmes nues
Je le revis faisant ceci ou cela en l'honneur des mêmes paroles
Qui changent la face des enfants et je dis toutes ces choses
Souvenir et Avenir parce que mon ami André Salmon se marie

Réjouissons-nous non pas parce que notre amitié a été le fleuve qui nous a fertilisés
Terrains riverains dont l'abondance est la nourriture que tous espèrent
Ni parce que nos verres nous jettent encore une fois le regard d'Orphée mourant
Ni parce que nous avons tant grandi que beaucoup pourraient confondre nos yeux et les étoiles

Poème lu au mariage d'André Salmon

Ni parce que les drapeaux claquent aux fenêtres des citoyens qui sont contents depuis cent ans d'avoir la vie et de menues choses à défendre
Ni parce que fondés en poésie nous avons des droits sur les paroles qui forment et défont l'Univers
Ni parce que nous pouvons pleurer sans ridicule et que nous savons rire
Ni parce que nous fumons et buvons comme autrefois
Réjouissons-nous parce que directeur du feu et des poètes
L'amour qui emplit ainsi que la lumière
Tout le solide espace entre les étoiles et les planètes
L'amour veut qu'aujourd'hui mon ami André Salmon se marie

L'Adieu

J'ai cueilli ce brin de bruyère
L'automne est morte souviens-t'en
Nous ne nous verrons plus sur terre
Odeur du temps brin de bruyère
Et souviens-toi que je t'attends

Salomé

Pour que sourie encore une fois Jean-Baptiste
Sire je danserais mieux que les séraphins
Ma mère dites-moi pourquoi vous êtes triste
En robe de comtesse à côté du Dauphin

Mon cœur battait battait très fort à sa parole
Quand je dansais dans le fenouil en écoutant
Et je brodais des lys sur une banderole
Destinée à flotter au bout de son bâton

Et pour qui voulez-vous qu'à présent je la brode
Son bâton refleurit sur les bords du Jourdain
Et tous les lys quand vos soldats ô roi Hérode
L'emmenèrent se sont flétris dans mon jardin

Venez tous avec moi là-bas sous les quinconces
        Ne pleure pas ô joli fou du roi
Prends cette tête au lieu de ta marotte et danse
N'y touchez pas son front ma mère est déjà froid

Sire marchez devant trabants marchez derrière
Nous creuserons un trou et l'y enterrerons
Nous planterons des fleurs et danserons en rond
Jusqu'à l'heure où j'aurai perdu ma jarretière
        Le roi sa tabatière
        L'infante son rosaire
        Le curé son bréviaire

La porte

La porte de l’hôtel sourit terriblement
Qu’est-ce que cela peut me faire ô ma maman
D’être cet employé pour qui seul rien n’existe
Pi-mus couples allant dans la profonde eau triste
Anges frais débarqués à Marseille hier matin
J’entends mourir et remourir un chant lointain
Humble comme je suis qui ne suis rien qui vaille

Enfant je t’ai donné ce que j’avais travaille

Merlin et la vieille femme

Le soleil ce jour-là s'étalait comme un ventre
Maternel qui saignait lentement sur le ciel
La lumière est ma mère ô lumière sanglante
Les nuages coulaient comme un flux menstruel

Au carrefour où nulle fleur sinon la rose
Des vents mais sans épine n'a fleuri l'hiver
Merlin guettait la vie et l'éternelle cause
Qui fait mourir et puis renaître l'univers

Une vieille sur une mule à chape verte
S'en vint suivant la berge du fleuve en aval
Et l'antique Merlin dans la plaine déserte
Se frappait la poitrine en s'écriant Rival

Ô mon être glacé dont le destin m'accable
Dont ce soleil de chair grelotte veux-tu voir
Ma Mémoire venir et m'aimer ma semblable
Et quel fils malheureux et beau je veux avoir

Son geste fit crouler l'orgueil des cataclysmes
Le soleil en dansant remuait son nombril
Et soudain le printemps d'amour et d'héroïsme
Amena par la main un jeune jour d'avril

Les voies qui viennent de l'ouest étaient couvertes
D'ossements d'herbes drues de destins et de fleurs
Des monuments tremblants près des charognes vertes
Quand les vents apportaient des poils et des malheurs

Laissant sa mule à petits pas s'en vint l'amante
À petits coups le vent défripait ses atours
Puis les pâles amants joignant leurs mains démentes
L'entrelacs de leurs doigts fut leur seul laps d'amour

Elle balla mimant un rythme d'existence
Criant Depuis cent ans j'espérais ton appel
Les astres de ta vie influaient sur ma danse
Morgane regardait du haut du mont Gibel

Ah ! qu'il fait doux danser quand pour vous se déclare
Un mirage où tout chante et que les vents d'horreur
Feignent d'être le rire de la lune hilare
Et d'effrayer les fantômes avant-coureurs

J'ai fait des gestes blancs parmi les solitudes
Des lémures couraient peupler les cauchemars
Mes tournoiements exprimaient les béatitudes
Qui toutes ne sont rien qu'un pur effet de l'Art

Je n'ai jamais cueilli que la fleur d'aubépine
Aux printemps finissants qui voulaient défleurir
Quand les oiseaux de proie proclamaient leurs rapines
D'agneaux mort-nés et d'enfants-dieux qui vont mourir

Et j'ai vieilli vois-tu pendant ta vie je danse
Mais j'eusse été tôt lasse et l'aubépine en fleurs
Cet avril aurait eu la pauvre confidence
D'un corps de vieille morte en mimant la douleur

Et leurs mains s'élevaient comme un vol de colombes
Clarté sur qui la nuit fondit comme un vautour

Merlin et la vieille femme

Puis Merlin s'en alla vers l'est disant Qu'il monte
Le fils de la Mémoire égale de l'Amour

Qu'il monte de la fange ou soit une ombre d'homme
Il sera bien mon fils mon ouvrage immortel
Le front nimbé de feu sur le chemin de Rome
Il marchera tout seul en regardant le ciel

La dame qui m'attend se nomme Viviane
Et vienne le printemps des nouvelles douleurs
Couché parmi la marjolaine et les pas-d'âne
Je m'éterniserai sous l'aubépine en fleurs

Saltimbanques

À Louis Dumur.

Dans la plaine les baladins
S’éloignent au long des jardins
Devant l’huis des auberges grises
Par les villages sans églises

Et les enfants s’en vont devant
Les autres suivent en rêvant
Chaque arbre fruitier se résigne
Quand de très loin ils lui font signe

Ils ont des poids ronds ou carrés
Des tambours des cerceaux dorés
L’ours et le singe animaux sages
Quêtent des sous sur leur passage

Le larron

CHŒUR

Maraudeur étranger malheureux malhabile
Voleur voleur que ne demandais-tu ces fruits
Mais puisque tu as faim que tu es en exil
Il pleure il est barbare et bon pardonnez-lui

LARRON

Je confesse le vol des fruits doux des fruits mûrs
Mais ce n'est pas l'exil que je viens simuler
Et sachez que j'attends de moyennes tortures
Injustes si je rends tout ce que j'ai volé

VIEILLARD

Issu de l'écume des mers comme Aphrodite
Sois docile puisque tu es beau Naufragé
Vois les sages te font des gestes socratiques
Vous parlerez d'amour quand il aura mangé

CHŒUR

Maraudeur étranger malhabile et malade
Ton père fut un sphinx et ta mère une nuit
Qui charma de lueurs Zacinthe et les Cyclades
As-tu feint d'avoir faim quand tu volas les fruits

LARRON

Possesseurs de fruits mûrs que dirai-je aux insultes
Ouïr ta voix ligure en nénie ô maman
Puisqu'ils n'eurent enfin la pubère et l'adulte
De prétexte sinon de s'aimer nuitamment

Il y avait des fruits tout ronds comme des âmes
Et des amandes de pomme de pin jonchaient
Votre jardin marin où j'ai laissé mes rames
Et mon couteau punique au pied de ce pêcher

Les citrons couleur d'huile et à saveur d'eau froide
Pendaient parmi les fleurs des citronniers tordus
Les oiseaux de leur bec ont blessé vos grenades
Et presque toutes les figues étaient fendues

L'ACTEUR

Il entra dans la salle aux fresques qui figurent
L'inceste solaire et nocturne dans les nues
Assieds-toi là pour mieux ouïr les voix ligures
Au son des cinyres des Lydiennes nues

Or les hommes ayant des masques de théâtre
Et les femmes ayant des colliers où pendait
La pierre prise au foie d'un vieux coq de Tanagre
Parlaient entre eux le langage de la Chaldée

Les autans langoureux dehors feignaient l'automne
Les convives c'étaient tant de couples d'amants
Qui dirent tour à tour Voleur je te pardonne
Reçois d'abord le sel puis le pain de froment

Le larron

Le brouet qui froidit sera fade à tes lèvres
Mais l'outre en peau de bouc maintient frais le vin blanc
Par ironie veux-tu qu'on serve un plat de fèves
Ou des beignets de fleurs trempés dans du miel blond

Une femme lui dit Tu n'invoques personne
Crois-tu donc au hasard qui coule au sablier
Voleur connais-tu mieux les lois malgré les hommes
Veux-tu le talisman heureux de mon collier

Larron des fruits tourne vers moi tes yeux lyriques
Emplissez de noix la besace du héros
Il est plus noble que le paon pythagorique
Le dauphin la vipère mâle ou le taureau

Qui donc es-tu toi qui nous vins grâce au vent scythe
Il en est tant venu par la route ou la mer
Conquérants égarés qui s'éloignaient trop vite
Colonnes de clins d'yeux qui fuyaient aux éclairs

CHŒUR

Un homme bègue ayant au front deux jets de flammes
Passa menant un peuple infime pour l'orgueil
De manger chaque jour les cailles et la manne
Et d'avoir vu la mer ouverte comme un œil

Les puiseurs d'eau barbus coiffés de bandelettes
Noires et blanches contre les maux et les sorts
Revenaient de l'Euphrate et les yeux des chouettes
Attiraient quelquefois les chercheurs de trésors

Cet insecte jaseur ô poète barbare
Regagnait chastement à l'heure d'y mourir
La forêt précieuse aux oiseaux gemmipares
Aux crapauds que l'azur et les sources mûrirent

Un triomphe passait gémir sous l'arc-en-ciel
Avec de blêmes laurés debout dans les chars
Les statues suant les scurriles les agnelles
Et l'angoisse rauque des paonnes et des jars

Les veuves précédaient en égrenant des grappes
Les évêques noirs révérant sans le savoir
Au triangle isocèle ouvert au mors des chapes
Pallas et chantaient l'hymne à la belle mais noire

Les chevaucheurs nous jetèrent dans l'avenir
Les alcancies pleines de cendre ou bien de fleurs
Nous aurons des baisers florentins sans le dire
Mais au jardin ce soir tu vins sage et voleur

Ceux de ta secte adorent-ils un signe obscène
Belphégor le soleil le silence ou le chien
Cette furtive ardeur des serpents qui s'entr'aiment

L'ACTEUR

Et le larron des fruits cria Je suis chrétien

CHŒUR

Ah ! Ah ! les colliers tinteront cherront les masques
Va-t'en va-t'en contre le feu l'ombre prévaut

Le larron

Ah ! Ah ! le larron de gauche dans la bourrasque
Rira de toi comme hennissent les chevaux

FEMME

Larron des fruits tourne vers moi tes yeux lyriques
Emplissez de noix la besace du héros
Il est plus noble que le paon pythagorique
Le dauphin la vipère mâle ou le taureau

CHŒUR

Ah ! Ah ! nous secouerons toute la nuit les sistres
La voix ligure était-ce donc un talisman
Et si tu n'es pas de droite tu es sinistre
Comme une tache grise ou le pressentiment

Puisque l'absolu choit la chute est une preuve
Qui double devient triple avant d'avoir été
Nous avouons que les grossesses nous émeuvent
Les ventres pourront seuls nier l'aséité
Vois les vases sont pleins d'humides fleurs morales
Va-t'en mais dénudé puisque tout est à nous
Ouïs du chœur des vents les cadences plagales
Et prends l'arc pour tuer l'unicorne ou le gnou

L'ombre équivoque et tendre est le deuil de ta chair
Et sombre elle est humaine et puis la nôtre aussi
Va-t'en le crépuscule a des lueurs légères
Et puis aucun de nous ne croirait tes récits

Il brillait et attirait comme la pantaure
Que n'avait-il la voix et les jupes d'Orphée

Et les femmes la nuit feignant d'être des taures
L'eussent aimé comme on l'aima puisqu'en effet

Il était pâle il était beau comme un roi ladre
Que n'avait-il la voix et les jupes d'Orphée
La pierre prise au foie d'un vieux coq de Tanagre
Au lieu du roseau triste et du funèbre faix

Que n'alla-t-il vivre à la cour du roi d'Édesse
Maigre et magique il eût scruté le firmament
Pâle et magique il eût aimé des poétesses
Juste et magique il eût épargné les démons

Va-t'en errer crédule et roux avec ton ombre
Soit ! la triade est mâle et tu es vierge et froid
Le tact est relatif mais la vue est oblongue
Tu n'as de signe que le signe de la croix

Le vent nocturne

Oh ! les cimes des pins grincent en se heurtant
Et l'on entend aussi se lamenter l'autan
Et du fleuve prochain à grand'voix triomphales
Les elfes rire au vent ou corner aux rafales
Attys Attys Attys charmant et débraillé
C'est ton nom qu'en la nuit les elfes ont raillé
Parce qu'un de tes pins s'abat au vent gothique
La forêt fuit au loin comme une armée antique
Dont les lances ô pins s'agitent au tournant
Les villages éteints méditent maintenant
Comme les vierges les vieillards et les poètes
Et ne s'éveilleront au pas de nul venant
Ni quand sur leurs pigeons fondront les gypaètes

Lul de Faltenin

À Louis de Gonzague Frick.

Sirènes j'ai rampé vers vos
Grottes tiriez aux mers la langue
En dansant devant leurs chevaux
Puis battiez de vos ailes d'anges
Et j'écoutais ces chœurs rivaux

Une arme ô ma tête inquiète
J'agite un feuillard défleuri
Pour écarter l'haleine tiède
Qu'exhalent contre mes grands cris
Vos terribles bouches muettes

Il y a là-bas la merveille
Au prix d'elle que valez-vous
Le sang jaillit de mes otelles
À mon aspect et je l'avoue
Le meurtre de mon double orgueil

Si les bateliers ont ramé
Loin des lèvres à fleur de l'onde
Mille et mille animaux charmés
Flairent la route à la rencontre
De mes blessures bien-aimées

Leurs yeux étoiles bestiales
Éclairent ma compassion

Lul de Faltenin

Qu’importe ma sagesse égale
Celle des constellations
Car c’est moi seul nuit qui t’étoile

Sirènes enfin je descends
Dans une grotte avide J’aime
Vos yeux Les degrés sont glissants
Au loin que vous devenez naines
N’attirez plus aucun passant

Dans l’attentive et bien-apprise
J’ai vu feuilloler nos forêts
Mer le soleil se gargarise
Où les matelots désiraient
Que vergues et mâts reverdissent

Je descends et le firmament
S’est changé très vite en méduse
Puisque je flambe atrocement
Que mes bras seuls sont les excuses
Et les torches de mon tourment

Oiseaux tiriez aux mers la langue
Le soleil d’hier m’a rejoint
Les otelles nous ensanglantent
Dans le nid des Sirènes loin
Du troupeau d’étoiles oblongues

La tzigane

La tzigane savait d'avance
Nos deux vies barrées par les nuits
Nous lui dîmes adieu et puis
De ce puits sortit l'Espérance

L'amour lourd comme un ours privé
Dansa debout quand nous voulûmes
Et l'oiseau bleu perdit ses plumes
Et les mendiants leurs *Ave*

On sait très bien que l'on se damne
Mais l'espoir d'aimer en chemin
Nous fait penser main dans la main
À ce qu'a prédit la tzigane

L'ermite

À Félix Fénéon.

Un ermite déchaux près d'un crâne blanchi
Cria Je vous maudis martyres et détresses
Trop de tentations malgré moi me caressent
Tentations de lune et de logomachies

Trop d'étoiles s'enfuient quand je dis mes prières
Ô chef de morte Ô vieil ivoire Orbites Trous
Des narines rongées J'ai faim Mes cris s'enrouent
Voici donc pour mon jeûne un morceau de gruyère

Ô Seigneur flagellez les nuées du coucher
Qui vous tendent au ciel de si jolis culs roses
Et c'est le soir les fleurs de jour déjà se closent
Et les souris dans l'ombre incantent le plancher

Les humains savent tant de jeux l'amour la mourre
L'amour jeu des nombrils ou jeu de la grande oie
La mourre jeu du nombre illusoire des doigts
Saigneur faites Seigneur qu'un jour je m'énamoure

J'attends celle qui me tendra ses doigts menus
Combien de signes blancs aux ongles les paresses
Les mensonges pourtant j'attends qu'elle les dresse
Ses mains énamourées devant moi l'Inconnue

Seigneur que t'ai-je fait Vois Je suis unicorne
Pourtant malgré son bel effroi concupiscent
Comme un poupon chéri mon sexe est innocent
D'être anxieux seul et debout comme une borne

Seigneur le Christ est nu jetez jetez sur lui
La robe sans couture éteignez les ardeurs
Au puits vont se noyer tant de tintements d'heures
Quand isochrones choient des gouttes d'eau de pluie

J'ai veillé trente nuits sous les lauriers-roses
As-tu sué du sang Christ dans Gethsémani
Crucifié réponds Dis non Moi je le nie
Car j'ai trop espéré en vain l'hématidrose

J'écoutais à genoux toquer les battements
Du cœur le sang roulait toujours en ses artères
Qui sont de vieux coraux ou qui sont des clavaires
Et mon aorte était avare éperdument

Une goutte tomba Sueur Et sa couleur
Lueur Le sang si rouge et j'ai ri des damnés
Puis enfin j'ai compris que je saignais du nez
À cause des parfums violents de mes fleurs

Et j'ai ri du vieil ange qui n'est point venu
De vol très indolent me tendre un beau calice
J'ai ri de l'aile grise et j'ôte mon cilice
Tissé de crins soyeux par de cruels canuts

Vertuchou Riotant des vulves des papesses
De saintes sans tétons j'irai vers les cités

L'ermite

Et peut-être y mourir pour ma virginité
Parmi les mains les peaux les mots et les promesses

Malgré les autans bleus je me dresse divin
Comme un rayon de lune adoré par la mer
En vain j'ai supplié tous les saints aémères
Aucun n'a consacré mes doux pains sans levain

Et je marche Je fuis ô nuit Lilith ulule
Et clame vainement et je vois de grands yeux
S'ouvrir tragiquement Ô nuit je vois tes cieux
S'étoiler calmement de splendides pilules

Un squelette de reine innocente est pendu
À un long fil d'étoile en désespoir sévère
La nuit les bois sont noirs et se meurt l'espoir vert
Quand meurt le jour avec un râle inattendu

Et je marche je fuis ô jour l'émoi de l'aube
Ferma le regard fixe et doux de vieux rubis
Des hiboux et voici le regard des brebis
Et des truies aux tétins roses comme des lobes

Des corbeaux éployés comme des tildes font
Une ombre vaine aux pauvres champs de seigle mûr
Non loin des bourgs où des chaumières sont impures
D'avoir des hiboux morts cloués à leur plafond

Mes kilomètres longs Mes tristesses plénières
Les squelettes de doigts terminant les sapins
Ont égaré ma route et mes rêves poupins
Souvent et j'ai dormi au sol des sapinières

Enfin Ô soir pâmé Au bout de mes chemins
La ville m'apparut très grave au son des cloches
Et ma luxure meurt à présent que j'approche
En entrant j'ai béni les foules des deux mains

Cité j'ai ri de tes palais tels que des truffes
Blanches au sol fouillé de clairières bleues
Or mes désirs s'en vont tous à la queue leu leu
Ma migraine pieuse a coiffé sa cucuphe

Car toutes sont venues m'avouer leurs péchés
Et Seigneur je suis saint par le vœu des amantes
Zélotide et Lorie Louise et Diamante
Ont dit Tu peux savoir ô toi l'effarouché

Ermite absous nos fautes jamais vénielles
Ô toi le pur et le contrit que nous aimons
Sache nos cœurs sache les jeux que nous aimons
Et nos baisers quintessenciés comme du miel

Et j'absous les aveux pourpres comme leur sang
Des poétesses nues des fées des fornarines
Aucun pauvre désir ne gonfle ma poitrine
Lorsque je vois le soir les couples s'enlaçant

Car je ne veux plus rien sinon laisser se clore
Mes yeux couple lassé au verger pantelant
Plein du râle pompeux des groseillers sanglants
Et de la sainte cruauté des passiflores

Automne

Dans le brouillard s'en vont un paysan cagneux
Et son bœuf lentement dans le brouillard d'automne
Qui cache les hameaux pauvres et vergogneux

Et s'en allant là-bas le paysan chantonne
Une chanson d'amour et d'infidélité
Qui parle d'une bague et d'un cœur que l'on brise

Oh ! l'automne l'automne a fait mourir l'été
Dans le brouillard s'en vont deux silhouettes grises

L'Émigrant de Landor Road

À André Billy.

Le chapeau à la main il entra du pied droit
Chez un tailleur très chic et fournisseur du roi
Ce commerçant venait de couper quelques têtes
De mannequins vêtus comme il faut qu'on se vête

La foule en tous sens remuait en mêlant
Des ombres sans amour qui se traînaient par terre
Et des mains vers le ciel plein de lacs de lumière
S'envolaient quelquefois comme des oiseaux blancs

Mon bateau partira demain pour l'Amérique
Et je ne reviendrai jamais
Avec l'argent gagné dans les prairies lyriques
Guider mon ombre aveugle en ces rues que j'aimais

Car revenir c'est bon pour un soldat des Indes
Les boursiers ont vendu tous mes crachats d'or fin
Mais habillé de neuf je veux dormir enfin
Sous des arbres pleins d'oiseaux muets et de singes

Les mannequins pour lui s'étant déshabillés
Battirent leurs habits puis les lui essayèrent
Le vêtement d'un lord mort sans avoir payé
Au rabais l'habilla comme un millionnaire

L'Émigrant de Landor Road

Au dehors les années
Regardaient la vitrine
Les mannequins victimes
Et passaient enchaînées

Intercalées dans l'an c'étaient les journées neuves
Les vendredis sanglants et lents d'enterrements
De blancs et de tout noirs vaincus des cieux qui pleuvent
Quand la femme du diable a battu son amant

Puis dans un port d'automne aux feuilles indécises
Quand les mains de la foule y feuillolaient aussi
Sur le pont du vaisseau il posa sa valise
Et s'assit

Les vents de l'Océan en soufflant leurs menaces
Laissaient dans ses cheveux de longs baisers mouillés
Des émigrants tendaient vers le port leurs mains lasses
Et d'autres en pleurant s'étaient agenouillés

Il regarda longtemps les rives qui moururent
Seuls des bateaux d'enfant tremblaient à l'horizon
Un tout petit bouquet flottant à l'aventure
Couvrit l'Océan d'une immense floraison

Il aurait voulu ce bouquet comme la gloire
Jouer dans d'autres mers parmi tous les dauphins
Et l'on tissait dans sa mémoire
Une tapisserie sans fin
Qui figurait son histoire

Mais pour noyer changées en poux
Ces tisseuses têtues qui sans cesse interrogent
Il se maria comme un doge
Aux cris d'une sirène moderne sans époux

Gonfle-toi vers la nuit Ô Mer Les yeux des squales
Jusqu'à l'aube ont guetté de loin avidement
Des cadavres de jours rongés par les étoiles
Parmi le bruit des flots et des derniers serments

Rosemonde

À André Derain.

Longtemps au pied du perron de
La maison où entra la dame
Que j'avais suivie pendant deux
Bonnes heures à Amsterdam
Mes doigts jetèrent des baisers

Mais le canal était désert
Le quai aussi et nul ne vit
Comment mes baisers retrouvèrent
Celle à qui j'ai donné ma vie
Un jour pendant plus de deux heures

Je la surnommai Rosemonde
Voulant pouvoir me rappeler
Sa bouche fleurie en Hollande
Puis lentement je m'en allai
Pour quêter la Rose du Monde

Le brasier

À Paul-Napoléon Roinard.

J'ai jeté dans le noble feu
Que je transporte et que j'adore
De vives mains et même feu
Ce Passé ces têtes de morts
Flamme je fais ce que tu veux

Le galop soudain des étoiles
N'étant que ce qui deviendra
Se mêle au hennissement mâle
Des centaures dans leurs haras
Et des grand'plaintes végétales

Où sont ces têtes que j'avais
Où est le Dieu de ma jeunesse
L'amour est devenu mauvais
Qu'au brasier les flammes renaissent
Mon âme au soleil se dévêt

Dans la plaine ont poussé des flammes
Nos cœurs pendent aux citronniers
Les têtes coupées qui m'acclament
Et les astres qui ont saigné
Ne sont que des têtes de femmes

Le brasier

Le fleuve épinglé sur la ville
T'y fixe comme un vêtement
Partant à l'amphion docile
Tu subis tous les tons charmants
Qui rendent les pierres agiles

Je flambe dans le brasier à l'ardeur adorable
Et les mains des croyants m'y rejettent multiple innombrablement
Les membres des intercis flambent auprès de moi
Éloignez du brasier les ossements
Je suffis pour l'éternité à entretenir le feu de mes délices
Et des oiseaux protègent de leurs ailes ma face et le soleil

Ô Mémoire Combien de races qui forlignent
Des Tyndarides aux vipères ardentes de mon bonheur
Et les serpents ne sont-ils que les cous des cygnes
Qui étaient immortels et n'étaient pas chanteurs
Voici ma vie renouvelée
De grands vaisseaux passent et repassent
Je trempe une fois encore mes mains dans l'Océan

Voici le paquebot et ma vie renouvelée
Ses flammes sont immenses
Il n'y a plus rien de commun entre moi
Et ceux qui craignent les brûlures

Le brasier

Descendant des hauteurs où pense la lumière
Jardins rouant plus haut que tous les ciels mobiles
L'avenir masqué flambe en traversant les cieux

Nous attendons ton bon plaisir ô mon amie

J'ose à peine regarder la divine mascarade

Quand bleuira sur l'horizon la Désirade

Au-delà de notre atmosphère s'élève un théâtre
Que construisit le ver Zamir sans instrument
Puis le soleil revint ensoleiller les places
D'une ville marine apparue contremont
Sur les toits se reposaient les colombes lasses

Et le troupeau de sphinx regagne la sphingerie
À petits pas Il orra le chant du pâtre toute la vie
Là-haut le théâtre est bâti avec le feu solide
Comme les astres dont se nourrit le vide

Et voici le spectacle
Et pour toujours je suis assis dans un fauteuil
Ma tête mes genoux mes coudes vain pentacle
Les flammes ont poussé sur moi comme des feuilles

Des acteurs inhumains claires bêtes nouvelles
Donnent des ordres aux hommes apprivoisés
Terre
Ô Déchirée que les fleuves ont reprisée

J'aimerais mieux nuit et jour dans les sphingeries
Vouloir savoir pour qu'enfin on m'y dévorât

Rhénanes

NUIT RHÉNANE

Mon verre est plein d'un vin trembleur comme une flamme
Écoutez la chanson lente d'un batelier
Qui raconte avoir vu sous la lune sept femmes
Tordre leurs cheveux verts et longs jusqu'à leurs pieds

Debout chantez plus haut en dansant une ronde
Que je n'entende plus le chant du batelier
Et mettez près de moi toutes les filles blondes
Au regard immobile aux nattes repliées

Le Rhin le Rhin est ivre où les vignes se mirent
Tout l'or des nuits tombe en tremblant s'y refléter
La voix chante toujours à en râle-mourir
Ces fées aux cheveux verts qui incantent l'été

Mon verre s'est brisé comme un éclat de rire

MAI

Le mai le joli mai en barque sur le Rhin
Des dames regardaient du haut de la montagne
Vous êtes si jolies mais la barque s'éloigne
Qui donc a fait pleurer les saules riverains

Or des vergers fleuris se figeaient en arrière
Les pétales tombés des cerisiers de mai
Sont les ongles de celle que j'ai tant aimée
Les pétales fleuris sont comme ses paupières

Sur le chemin du bord du fleuve lentement
Un ours un singe un chien menés par des tziganes
Suivaient une roulotte traînée par un âne
Tandis que s'éloignait dans les vignes rhénanes
Sur un fifre lointain un air de régiment

Le mai le joli mai a paré les ruines
De lierre de vigne vierge et de rosiers
Le vent du Rhin secoue sur le bord les osiers
Et les roseaux jaseurs et les fleurs nues des vignes

LA SYNAGOGUE

Ottomar Scholem et Abraham Lœweren
Coiffés de feutres verts le matin du sabbat
Vont à la synagogue en longeant le Rhin
Et les coteaux où les vignes rougissent là-bas

Ils se disputent et crient des choses qu'on ose à peine traduire
Bâtard conçu pendant les règles ou Que le diable entre dans ton père
Le vieux Rhin soulève sa face ruisselante et se détourne pour sourire
Ottomar Scholem et Abraham Lœweren sont en colère

Parce que pendant le sabbat on ne doit pas fumer
Tandis que les chrétiens passent avec des cigares allumés
Et parce qu'Ottomar et Abraham aiment tous deux
Lia aux yeux de brebis et dont le ventre avance un peu

Pourtant tout à l'heure dans la synagogue l'un après l'autre
Ils baiseront la thora en soulevant leur beau chapeau
Parmi les feuillards de la fête des cabanes
Ottomar en chantant sourira à Abraham

Ils déchanteront sans mesure et les voix graves des hommes
Feront gémir un Léviathan au fond du Rhin comme une voix d'automne
Et dans la synagogue pleine de chapeaux on agitera les loulabim
Hanoten ne Kamoth bagoim tholahoth baleoumim

LES CLOCHES

Mon beau tzigane mon amant
Écoute les cloches qui sonnent
Nous nous aimions éperdument
Croyant n'être vus de personne

Mais nous étions bien mal cachés
Toutes les cloches à la ronde
Nous ont vus du haut des clochers
Et le disent à tout le monde

Demain Cyprien et Henri
Marie Ursule et Catherine
La boulangère et son mari
Et puis Gertrude ma cousine

Souriront quand je passerai
Je ne saurai plus où me mettre
Tu seras loin Je pleurerai
J'en mourrai peut-être

LA LORELEY

À Jean Sève.

À Bacharach il y avait une sorcière blonde
Qui laissait mourir d'amour tous les hommes à la ronde

Devant son tribunal l'évêque la fit citer
D'avance il l'absolvit à cause de sa beauté

Ô belle Loreley aux yeux pleins de pierreries
De quel magicien tiens-tu ta sorcellerie

Je suis lasse de vivre et mes yeux sont maudits
Ceux qui m'ont regardée évêque en ont péri

Mes yeux ce sont des flammes et non des pierreries
Jetez jetez aux flammes cette sorcellerie

Je flambe dans ces flammes ô belle Loreley
Qu'un autre te condamne tu m'as ensorcelé

Évêque vous riez Priez plutôt pour moi la Vierge
Faites-moi donc mourir et que Dieu vous protège

Mon amant est parti pour un pays lointain
Faites-moi donc mourir puisque je n'aime rien

Mon cœur me fait si mal il faut bien que je meure
Si je me regardais il faudrait que j'en meure

Mon cœur me fait si mal depuis qu'il n'est plus là
Mon cœur me fit si mal du jour où il s'en alla

L'évêque fit venir trois chevaliers avec leurs lances
Menez jusqu'au couvent cette femme en démence

Va-t'en Lore en folie va Lore aux yeux tremblants
Tu seras une nonne vêtue de noir et blanc

Puis ils s'en allèrent sur la route tous les quatre
La Loreley les implorait et ses yeux brillaient comme
des astres

Chevaliers laissez-moi monter sur ce rocher si haut
Pour voir une fois encore mon beau château

Pour me mirer une fois encore dans le fleuve
Puis j'irai au couvent des vierges et des veuves

Là-haut le vent tordait ses cheveux déroulés
Les chevaliers criaient Loreley Loreley

Tout là-bas sur le Rhin s'en vient une nacelle
Et mon amant s'y tient il m'a vue il m'appelle

Mon cœur devient si doux c'est mon amant qui vient
Elle se penche alors et tombe dans le Rhin

Pour avoir vu dans l'eau la belle Loreley
Ses yeux couleur du Rhin ses cheveux de soleil

SCHINDERHANNES

À Marius-Ary Leblond.

Dans la forêt avec sa bande
Schinderhannes s'est désarmé
Le brigand près de sa brigande
Hennit d'amour au joli mai

Benzel accroupi lit la Bible
Sans voir que son chapeau pointu
À plume d'aigle sert de cible
À Jacob Born le mal foutu

Juliette Blaesius qui rote
Fait semblant d'avoir le hoquet
Hannes pousse une fausse note
Quand Schulz vient portant un baquet

Et s'écrie en versant des larmes
Baquet plein de vin parfumé
Viennent aujourd'hui les gendarmes
Nous aurons bu le vin de mai

Allons Julia la mam'zelle
Bois avec nous ce clair bouillon
D'herbes et de vin de Moselle
Prosit Bandit en cotillon

Cette brigande est bientôt soûle
Et veut Hannes qui n'en veut pas
Pas d'amour maintenant ma poule
Sers-nous un bon petit repas

Il faut ce soir que j'assassine
Ce riche juif au bord du Rhin
Au clair des torches de résine
La fleur de mai c'est le florin

On mange alors toute la bande
Pète et rit pendant le dîner
Puis s'attendrit à l'allemande
Avant d'aller assassiner

RHÉNANE D'AUTOMNE

À Toussaint-Luca.

Les enfants des morts vont jouer
Dans le cimetière
Martin Gertrude Hans et Henri
Nul coq n'a chanté aujourd'hui
Kikiriki

Les vieilles femmes
Tout en pleurant cheminent
Et les bons ânes
Braillent hi han et se mettent à brouter les fleurs
Des couronnes mortuaires

C'est le jour des morts et de toutes leurs âmes
Les enfants et les vieilles femmes
Allument des bougies et des cierges
Sur chaque tombe catholique
Les voiles des vieilles
Les nuages du ciel
Sont comme des barbes de biques

L'ait tremble de flammes et de prières
Le cimetière est un beau jardin
Plein de saules gris et de romarins
Il vous vient souvent des amis qu'on enterre
Ah ! que vous êtes bien dans le beau cimetière

Vous mendiants morts saouls de bière
Vous les aveugles comme le destin
Et vous petits enfants morts en prière

Ah ! que vous êtes bien dans le beau cimetière
Vous bourgmestres vous bateliers
Et vous conseillers de régence
Vous aussi tziganes sans papiers
La vie vous pourrit dans la panse
La croix vous pousse entre les pieds

Le vent du Rhin ulule avec tous les hiboux
Il éteint les cierges que toujours les enfants rallument
Et les feuilles mortes
Viennent couvrir les morts

Des enfants morts parlent parfois avec leur mère
Et des mortes parfois voudraient bien revenir

Oh ! je ne veux pas que tu sortes
L'automne est plein de mains coupées
Non non ce sont des feuilles mortes
Ce sont les mains des chères mortes
Ce sont tes mains coupées

Nous avons tant pleuré aujourd'hui
Avec ces morts leurs enfants et les vieilles femmes
Sous le ciel sans soleil
Au cimetière plein de flammes

Puis dans le vent nous nous en retournâmes

À nos pieds roulaient des châtaignes
Dont les bogues étaient
Comme le cœur blessé de la madone
Dont on doute si elle eut la peau
Couleur des châtaignes d'automne

LES SAPINS

Les sapins en bonnets pointus
De longues robes revêtus
  Comme des astrologues
Saluent leurs frères abattus
Les bateaux qui sur le Rhin voguent

Dans les sept arts endoctrinés
Par les vieux sapins leurs aînés
  Qui sont de grands poètes
Ils se savent prédestinés
À briller plus que des planètes

À briller doucement changés
En étoiles et enneigés
  Aux Noëls bienheureuses
Fêtes des sapins ensongés
Aux longues branches langoureuses

Les sapins beaux musiciens
Chantent des noëls anciens
  Au vent des soirs d'automne
Ou bien graves magiciens
Incantent le ciel quand il tonne

Des rangées de blancs chérubins
Remplacent l'hiver les sapins
   Et balancent leurs ailes
L'été ce sont de grands rabbins
Ou bien de vieilles demoiselles

Sapins médecins divagants
Ils vont offrant leurs bons onguents
   Quand la montagne accouche
De temps en temps sous l'ouragan
Un vieux sapin geint et se couche

LES FEMMES

Dans la maison du vigneron les femmes cousent
Lenchen remplis le poêle et mets l'eau du café
Dessus — Le chat s'étire après s'être chauffé
— Gertrude et son voisin Martin enfin s'épousent

Le rossignol aveugle essaya de chanter
Mais l'effraie ululant il trembla dans sa cage
Ce cyprès là-bas a l'air du pape en voyage
Sous la neige — Le facteur vient de s'arrêter

Pour causer avec le nouveau maître d'école
— Cet hiver est très froid le vin sera très bon
— Le sacristain sourd et boiteux est moribond
— La fille du vieux bourgmestre brode une étole

Pour la fête du curé La forêt là-bas
Grâce au vent chantait à voix grave de grand orgue
Le songe Herr Traum survint avec sa sœur Frau Sorge
Kaethi tu n'as bien raccommodé ces bas

— Apporte le café le beurre et les tartines
La marmelade le saindoux un pot de lait
— Encore un peu de café Lenchen s'il te plaît
— On dirait que le vent dit des phrases latines

— Encore un peu de café Lenchen s’il te plaît
— Lotte es-tu triste Ô petit cœur — Je crois qu’elle aime
— Dieu garde — Pour ma part je n’aime que moi-même
— Chut À présent grand-mère dit son chapelet

— Il me faut du sucre candi Leni je tousse
— Pierre mène son furet chasser les lapins
Le vent faisait danser en rond tous les sapins
Lotte l’amour rend triste — Ilse la vie est douce

La nuit tombait Les vignobles aux ceps tordus
Devenaient dans l’obscurité des ossuaires
En neige et repliés gisaient là des suaires
Et des chiens aboyaient aux passants morfondus

Il est mort écoutez La cloche de l’église
Sonnait tout doucement la mort du sacristain
Lise il faut attiser le poêle qui s’éteint
Les femmes se signaient dans la nuit indécise

Septembre 1901–mai 1902.

Signe

Je suis soumis au Chef du Signe de l'Automne
Partant j'aime les fruits je déteste les fleurs
Je regrette chacun des baisers que je donne
Tel un noyer gaulé dit au vent ses douleurs

Mon Automne éternelle ô ma saison mentale
Les mains des amantes d'antan jonchent ton sol
Une épouse me suit c'est mon ombre fatale
Les colombes ce soir prennent leur dernier vol

Un soir

Un aigle descendit de ce ciel blanc d'archanges
Et vous soutenez-moi
Laisserez-vous trembler longtemps toutes ces lampes
Priez priez pour moi

La ville est métallique et c'est la seule étoile
Noyée dans tes yeux bleus
Quand les tramways roulaient jaillissaient des feux pâles
Sur des oiseaux galeux

Et tout ce qui tremblait dans tes yeux de mes songes
Qu'un seul homme buvait
Sous les feux de gaz roux comme la fausse oronge
Ô vêtue ton bras se lovait

Vois l'histrion tire la langue aux attentives
Un fantôme s'est suicidé
L'apôtre au figuier pend et lentement salive
Jouons donc cet amour aux dés

Des cloches aux sons clairs annonçaient ta naissance
Vois
Les chemins sont fleuris et les palmes s'avancent
Vers toi

La dame

Toc toc Il a fermé sa porte
Les lys du jardin sont flétris
Quel est donc ce mort qu'on emporte

Tu viens de toquer à sa porte
    Et trotte trotte
    Trotte la petite souris

Les fiançailles

À Picasso.

Le printemps laisse errer les fiancés parjures
Et laisse feuilloler longtemps les plumes bleues
Que secoue le cyprès où niche l'oiseau bleu

Une Madone à l'aube a pris les églantines
Elle viendra demain cueillir les giroflées
Pour mettre aux nids des colombes qu'elle destine
Au pigeon qui ce soir semblait le Paraclet

Au petit bois de citronniers s'énamourèrent
D'amour que nous aimons les dernières venues
Les villages lointains sont comme les paupières
Et parmi les citrons leurs cœurs sont suspendus

Mes amis m'ont enfin avoué leur mépris
Je buvais à pleins verres les étoiles
Un ange a exterminé pendant que je dormais
Les agneaux les pasteurs des tristes bergeries
De faux centurions emportaient le vinaigre
Et les gueux mal blessés par l'épurge dansaient
Étoiles de l'éveil je n'en connais aucune
Les becs de gaz pissaient leur flamme au clair de lune
Des croque-morts avec des bocks tintaient des glas
À la clarté des bougies tombaient vaille que vaille
Des faux cols sur des flots de jupes mal brossées
Des accouchées masquées fêtaient leurs relevailles
La ville cette nuit semblait un archipel
Des femmes demandaient l'amour et la dulie
Et sombre sombre fleuve je me rappelle
Les ombres qui passaient n'étaient jamais jolies

Les fiançailles

Je n'ai plus même pitié de moi
Et ne puis exprimer mon tourment de silence
Tous les mots que j'avais à dire se sont changés en étoiles
Un Icare tente de s'élever jusqu'à chacun de mes yeux
Et porteur de soleils je brûle au centre de deux nébuleuses
Qu'ai-je fait aux bêtes théologales de l'intelligence
Jadis les morts sont revenus pour m'adorer
Et j'espérais la fin du monde
Mais la mienne arrive en sifflant comme un ouragan

J'ai eu le courage de regarder en arrière
Les cadavres de mes jours
Marquent ma route et je les pleure
Les uns pourrissent dans les églises italiennes
Ou bien dans de petits bois de citronniers
Qui fleurissent et fructifient
En même temps et en toute saison
D'autres jours ont pleuré avant de mourir dans des tavernes
Où d'ardents bouquets rouaient
Aux yeux d'une mulâtresse qui inventait la poésie
Et les roses de l'électricité s'ouvrent encore
Dans le jardin de ma mémoire

Pardonnez-moi mon ignorance
Pardonnez-moi de ne plus connaître l'ancien jeu des vers
Je ne sais plus rien et j'aime uniquement
Les fleurs à mes yeux redeviennent des flammes
Je médite divinement
Et je souris des êtres que je n'ai pas créés
Mais si le temps venait où l'ombre enfin solide
Se multipliait en réalisant la diversité formelle de mon amour
J'admirerais mon ouvrage

J'observe le repos du dimanche
Et je loue la paresse
Comment comment réduire
L'infiniment petite science
Que m'imposent mes sens
L'un est pareil aux montagnes au ciel
Aux villes à mon amour
Il ressemble aux saisons
Il vit décapité sa tête est le soleil
Et la lune son cou tranché
Je voudrais éprouver une ardeur infinie
Monstre de mon ouïe tu rugis et tu pleures
Le tonnerre te sert de chevelure
Et tes griffes répètent le chant des oiseaux
Le toucher monstrueux m'a pénétré m'empoisonne
Mes yeux nagent loin de moi
Et les astres intacts sont mes maîtres sans épreuve
La bête des fumées a la tête fleurie
Et le monstre le plus beau
Ayant la saveur du laurier se désole

Les fiançailles

À la fin les mensonges ne me font plus peur
C'est la lune qui cuit comme un œuf sur le plat
Ce collier de gouttes d'eau va parer la noyée
Voici mon bouquet de fleurs de la Passion
Qui offrent tendrement deux couronnes d'épines
Les rues sont mouillées de la pluie de naguère
Des anges diligents travaillent pour moi à la maison
La lune et la tristesse disparaîtront pendant
Toute la sainte journée
Toute la sainte journée j'ai marché en chantant
Une dame penchée à sa fenêtre m'a regardé longtemps
M'éloigner en chantant

Au tournant d'une rue je vis des matelots
Qui dansaient le cou nu au son d'un accordéon
J'ai tout donné au soleil
Tout sauf mon ombre

Les dragues les ballots les sirènes mi-mortes
À l'horizon brumeux s'enfonçaient les trois-mâts
Les vents ont expiré couronnés d'anémones
Ô Vierge signe pur du troisième mois

Les fiançailles

Templiers flamboyants je brûle parmi vous
Prophétisons ensemble ô grand maître je suis
Le désirable feu qui pour vous se dévoue
Et la girande tourne ô belle ô belle nuit

Liens déliés par une libre flamme Ardeur
Que mon souffle éteindra Ô Morts à quarantaine
Je mire de ma mort la gloire et le malheur
Comme si je visais l'oiseau de la quintaine

Incertitude oiseau feint peint quand vous tombiez
Le soleil et l'amour dansaient dans le village
Et tes enfants galants bien ou mal habillés
Ont bâti ce bûcher le nid de mon courage

Clair de lune

Lune mellifluente aux lèvres des déments
Les vergers et les bourgs cette nuit sont gourmands
Les astres assez bien figurent les abeilles
De ce miel lumineux qui dégoutte des treilles
Car voici que tout doux et leur tombant du ciel
Chaque rayon de lune est un rayon de miel
Or caché je conçois la très douce aventure
J'ai peur du dard de feu de cette abeille Arcture
Qui posa dans mes mains des rayons décevants
Et prit son miel lunaire à la rose des vents

1909

La dame avait une robe
En ottoman violine
Et sa tunique brodée d'or
Était composée de deux panneaux
S'attachant sur l'épaule

Les yeux dansants comme des anges
Elle riait elle riait
Elle avait un visage aux couleurs de France
Les yeux bleus les dents blanches et les lèvres très rouges
Elle avait un visage aux couleurs de France

Elle était décolletée en rond
Et coiffée à la Récamier
Avec de beaux bras nus

N'entendra-t-on jamais sonner minuit

La dame en robe d'ottoman violinc
Et en tunique brodée d'or
Décolletée en rond
Promenait ses boucles
Son bandeau d'or
Et traînait ses petits souliers à boucles

Elle était si belle
Que tu n'aurais pas osé l'aimer

J'aimais les femmes atroces dans les quartiers énormes
Où naissaient chaque jour quelques êtres nouveaux
Le fer était leur sang la flamme leur cerveau
J'aimais j'aimais le peuple habile des machines
Le luxe et la beauté ne sont que son écume
Cette femme était si belle
Qu'elle me faisait peur

À la Santé

I

Avant d'entrer dans ma cellule
Il a fallu me mettre nu
Et quelle voix sinistre ulule
Guillaume qu'es-tu devenu

Le Lazare entrant dans la tombe
Au lieu d'en sortir comme il fit
Adieu adieu chantante ronde
Ô mes années ô jeunes filles

II

Non je ne me sens plus là
Moi-même
Je suis le quinze de la
Onzième

Le soleil filtre à travers
Les vitres
Ses rayons font sur mes vers
Les pitres

Et dansent sur le papier
J'écoute
Quelqu'un qui frappe du pied
La voûte

III

Dans une fosse comme un ours
Chaque matin je me promène
Tournons tournons tournons toujours
Le ciel est bleu comme une chaîne
Dans une fosse comme un ours
Chaque matin je me promène

Dans la cellule d'à côté
On y fait couler la fontaine
Avec les clefs qu'il fait tinter
Que le geôlier aille et revienne
Dans la cellule d'à côté
On y fait couler la fontaine

IV

Que je m'ennuie entre ces murs tout nus
        Et peints de couleurs pâles
Une mouche sur le papier à pas menus
        Parcourt mes lignes inégales

Que deviendrai-je ô Dieu qui connais ma douleur
        Toi qui me l'as donnée
Prends en pitié mes yeux sans larmes ma pâleur
        Le bruit de ma chaise enchaînée

Et tous ces pauvres cœurs battant dans la prison
        L'Amour qui m'accompagne
Prends en pitié surtout ma débile raison
        Et ce désespoir qui la gagne

V

Que lentement passent les heures
Comme passe un enterrement

Tu pleureras l'heure où tu pleures
Qui passera trop vitement
Comme passent toutes les heures

VI

J'écoute les bruits de la ville
Et prisonnier sans horizon
Je ne vois rien qu'un ciel hostile
Et les murs nus de ma prison

Le jour s'en va voici que brûle
Une lampe dans la prison
Nous sommes seuls dans ma cellule
Belle clarté Chère raison

Septembre 1911.

Automne malade

Automne malade et adoré
Tu mourras quand l'ouragan soufflera dans les roseraies
Quand il aura neigé
Dans les vergers

Pauvre automne
Meurs en blancheur et en richesse
De neige et de fruits mûrs
Au fond du ciel
Des éperviers planent
Sur les nixes nicettes aux cheveux verts et naines
Qui n'ont jamais aimé

Aux lisières lointaines
Les cerfs ont bramé

Et que j'aime ô saison que j'aime tes rumeurs
Les fruits tombant sans qu'on les cueille
Le vent et la forêt qui pleurent
Toutes leurs larmes en automne feuille à feuille
Les feuilles
Qu'on foule
Un train
Qui roule
La vie
S'écoule

Hôtels

La chambre est veuve
Chacun pour soi
Présence neuve
On paye au mois

Le patron doute
Payera-t-on
Je tourne en route
Comme un toton

Le bruit des fiacres
Mon voisin laid
Qui fume un âcre
Tabac anglais

Ô La Vallière
Qui boite et rit
De mes prières
Table de nuit

Et tous ensemble
Dans cet hôtel
Savons la langue
Comme à Babel

Fermons nos portes
À double tour
Chacun apporte
Son seul amour

Cors de chasse

Notre histoire est noble et tragique
Comme le masque d'un tyran
Nul drame hasardeux ou magique
Aucun détail indifférent
Ne rend notre amour pathétique

Et Thomas de Quincey buvant
L'opium poison doux et chaste
À sa pauvre Anne allait rêvant
Passons passons puisque tout passe
Je me retournerai souvent

Les souvenirs sont cors de chasse
Dont meurt le bruit parmi le vent

Vendémiaire

Hommes de l'avenir souvenez-vous de moi
Je vivais à l'époque où finissaient les rois
Tour à tour ils mouraient silencieux et tristes
Et trois fois courageux devenaient trismégistes

Que Paris était beau à la fin de septembre
Chaque nuit devenait une vigne où les pampres
Répandaient leur clarté sur la ville et là-haut
Astres mûrs becquetés par les ivres oiseaux
De ma gloire attendaient la vendange de l'aube

Un soir passant le long des quais déserts et sombres
En rentrant à Auteuil j'entendis une voix
Qui chantait gravement se taisant quelquefois
Pour que parvînt aussi sur les bords de la Seine
La plainte d'autres voix limpides et lointaines

Et j'écoutai longtemps tous ces chants et ces cris
Qu'éveillait dans la nuit la chanson de Paris

J'ai soif villes de France et d'Europe et du monde
Venez toutes couler dans ma gorge profonde

Je vis alors que déjà ivre dans la vigne Paris
Vendangeait le raisin le plus doux de la terre
Ces grains miraculeux qui aux treilles chantèrent

Et Rennes répondit avec Quimper et Vannes
Nous voici ô Paris Nos maisons nos habitants
Ces grappes de nos sens qu'enfanta le soleil
Se sacrifient pour te désaltérer trop avide merveille
Nous t'apportons tous les cerveaux les cimetières les
  murailles
Ces berceaux pleins de cris que tu n'entendras pas
Et d'amont en aval nos pensées ô rivières
Les oreilles des écoles et nos mains rapprochées
Aux doigts allongés nos mains les clochers
Et nous t'apportons aussi cette souple raison
Que le mystère clôt comme une porte la maison
Ce mystère courtois de la galanterie
Ce mystère fatal fatal d'une autre vie
Double raison qui est au-delà de la beauté
Et que la Grèce n'a pas connue ni l'Orient
Double raison de la Bretagne où lame à lame
L'océan châtre peu à peu l'ancien continent

Et les villes du Nord répondirent gaiement

Ô Paris nous voici boissons vivantes
Les viriles cités où dégoisent et chantent
Les métalliques saints de nos saintes usines
Nos cheminées à ciel ouvert engrossent les nuées
Comme fit autrefois l'Ixion mécanique
Et nos mains innombrables
Usines manufactures fabriques mains
Où les ouvriers nus semblables à nos doigts
Fabriquent du réel à tant par heure
Nous te donnons tout cela

Et Lyon répondit tandis que les anges de Fourvières
Tissaient un ciel nouveau avec la soie des prières

Désaltère-toi Paris avec les divines paroles
Que mes lèvres le Rhône et la Saône murmurent
Toujours le même culte de sa mort renaissant
Divise ici les saints et fait pleuvoir le sang
Heureuse pluie ô gouttes tièdes ô douleur
Un enfant regarde les fenêtres s'ouvrir
Et des grappes de têtes à d'ivres oiseaux s'offrir

Les villes du Midi répondirent alors

Noble Paris seule raison qui vis encore
Qui fixes notre humeur selon ta destinée
Et toi qui te retires Méditerranée
Partagez-vous nos corps comme on rompt des hosties
Ces très hautes amours et leur danse orpheline
Deviendront ô Paris le vin pur que tu aimes

Et un râle infini qui venait de Sicile
Signifiait en battement d'ailes ces paroles

Les raisins de nos vignes on les a vendangés
Et ces grappes de morts dont les grains allongés
Ont la saveur du sang de la terre et du sel
Les voici pour ta soif ô Paris sous le ciel
Obscurci de nuées faméliques
Que caresse Ixion le créateur oblique
Et où naissent sur la mer tous les corbeaux d'Afrique
Ô raisins Et ces yeux ternes et en famille
L'avenir et la vie dans ces treilles s'ennuyent

Mais où est le regard lumineux des sirènes
Il trompa les marins qu'aimaient ces oiseaux-là
Il ne tournera plus sur l'écueil de Scylla
Où chantaient les trois voix suaves et sereines

Le détroit tout à coup avait changé de face
Visages de la chair de l'onde de tout
Ce que l'on peut imaginer
Vous n'êtes que des masques sur des faces masquées

Il souriait jeune nageur entre les rives
Et les noyés flottant sur son onde nouvelle
Fuyaient en le suivant les chanteuses plaintives
Elles dirent adieu au gouffre et à l'écueil
À leurs pâles époux couchés sur les terrasses
Puis ayant pris leur vol vers le brûlant soleil
Les suivirent dans l'onde où s'enfoncent les astres

Lorsque la nuit revint couverte d'yeux ouverts
Errer au site où l'hydre a sifflé cet hiver
Et j'entendis soudain ta voix impérieuse
Ô Rome
Maudire d'un seul coup mes anciennes pensées
Et le ciel où l'amour guide les destinées

Les feuillards repoussés sur l'arbre de la croix
Et même la fleur de lys qui meurt au Vatican
Macèrent dans le vin que je t'offre et qui a
La saveur du sang pur de celui qui connaît
Une autre liberté végétale dont tu
Ne sais pas que c'est elle la suprême vertu

Une couronne du trirègne est tombée sur les dalles
Les hiérarques la foulent sous leurs sandales
Ô splendeur démocratique qui pâlit
Vienne la nuit royale où l'on tuera les bêtes
La louve avec l'agneau l'aigle avec la colombe
Une foule de rois ennemis et cruels
Ayant soif comme toi dans la vigne éternelle
Sortiront de la terre et viendront dans les airs
Pour boire de mon vin par deux fois millénaire

La Moselle et le Rhin se joignent en silence
C'est l'Europe qui prie nuit et jour à Coblence
Et moi qui m'attardais sur le quai à Auteuil
Quand les heures tombaient parfois comme les feuilles
Du cep lorsqu'il est temps j'entendis la prière
Qui joignait la limpidité de ces rivières

Ô Paris le vin de ton pays est meilleur que celui
Qui pousse sur nos bords mais aux pampres du nord
Tous les grains ont mûri pour cette soif terrible
Mes grappes d'hommes forts saignent dans le pressoir
Tu boiras à longs traits tout le sang de l'Europe
Parce que tu es beau et que seul tu es noble
Parce que c'est dans toi que Dieu peut devenir
Et tous mes vignerons dans ces belles maisons
Qui reflètent le soir leurs feux dans nos deux eaux
Dans ces belles maisons nettement blanches et noires
Sans savoir que tu es la réalité chantent ta gloire
Mais nous liquides mains jointes pour la prière
Nous menons vers le sel les eaux aventurières
Et la ville entre nous comme entre des ciseaux

Ne reflète en dormant nul feu dans ses deux eaux
Dont quelque sifflement lointain parfois s'élance
Troublant dans leur sommeil les filles de Coblence

Les villes répondaient maintenant par centaines
Je ne distinguais plus leurs paroles lointaines
Et Trèves la ville ancienne
À leur voix mêlait la sienne
L'univers tout entier concentré dans ce vin
Qui contenait les mers les animaux les plantes
Les cités les destins et les astres qui chantent
Les hommes à genoux sur la rive du ciel
Et le docile fer notre bon compagnon
Le feu qu'il faut aimer comme on s'aime soi-même
Tous les fiers trépassés qui sont un sous mon front
L'éclair qui luit ainsi qu'une pensée naissante
Tous les noms six par six les nombres un à un
Des kilos de papier tordus comme des flammes
Et ceux-là qui sauront blanchir nos ossements
Les bons vers immortels qui s'ennuient patiemment
Des armées rangées en bataille
Des forêts de crucifix et mes demeures lacustres
Au bord des yeux de celle que j'aime tant
Les fleurs qui s'écrient hors de bouches
Et tout ce que je ne sais pas dire
Tout ce que je ne connaîtrai jamais
Tout cela tout cela changé en ce vin pur
Dont Paris avait soif
Me fut alors présenté

Actions belles journées sommeils terribles
Végétation Accouplements musiques éternelles
Mouvements Adorations douleur divine
Mondes qui vous rassemblez et qui nous ressemblez
Je vous ai bus et ne fus pas désaltéré

Mais je connus dès lors quelle saveur a l'univers

Je suis ivre d'avoir bu tout l'univers
Sur le quai d'où je voyais l'onde couler et dormir
  les bélandres

Écoutez-moi je suis le gosier de Paris
Et je boirai encore s'il me plaît l'univers

Écoutez mes chants d'universelle ivrognerie

Et la nuit de septembre s'achevait lentement
Les feux rouges des ponts s'éteignaient dans la Seine
Les étoiles mouraient le jour naissait à peine

CALLIGRAMMES

Poèmes de la paix
et de la guerre
(1913-1916)

À la mémoire
du plus ancien de mes camarades
RENÉ DALIZE
mort au Champ d'Honneur
le 7 mai 1917.

ONDES

Liens

Cordes faites de cris

Sons de cloches à travers l'Europe
Siècles pendus

Rails qui ligotez les nations
Nous ne sommes que deux ou trois hommes
Libres de tous liens
Donnons-nous la main

Violente pluie qui peigne les fumées
Cordes
Cordes tissées
Câbles sous-marins
Tours de Babel changées en ponts
Araignées-Pontifes
Tous les amoureux qu'un seul lien a liés

D'autres liens plus ténus
Blancs rayons de lumière
Cordes et Concorde

J'écris seulement pour vous exalter
Ô sens ô sens chéris
Ennemis du souvenir
Ennemis du désir

Calligrammes

Ennemis du regret
Ennemis des larmes
Ennemis de tout ce que j'aime encore

Les fenêtres

Du rouge au vert tout le jaune se meurt
Quand chantent les aras dans les forêts natales
Abatis de pihis
Il y a un poème à faire sur l'oiseau qui n'a qu'une aile
Nous l'enverrons en message téléphonique
Traumatisme géant
Il fait couler les yeux
Voilà une jolie jeune fille parmi les jeunes Turinaises
Le pauvre jeune homme se mouchait dans sa cravate
  blanche
Tu soulèveras le rideau
Et maintenant voilà que s'ouvre la fenêtre
Araignées quand les mains tissaient la lumière
Beauté pâleur insondables violets
Nous tenterons en vain de prendre du repos
On commencera à minuit
Quand on a le temps on a la liberté
Bigorneaux Lotte multiples Soleils et l'Oursin du cou-
  chant
Une vieille paire de chaussures jaunes devant la fenêtre
Tours
Les Tours ce sont les rues
Puits
Puits ce sont les places
Puits
Arbres creux qui abritent les Câpresses vagabondes
Les Chabins chantent des airs à mourir
Aux Chabines marronnes

Et l'oie oua-oua trompette au nord
Où les chasseurs de ratons
Raclent les pelleteries
Étincelant diamant
Vancouver
Où le train blanc de neige et de feux nocturnes fuit
l'hiver
Ô Paris
Du rouge au vert tout le jaune se meurt
Paris Vancouver Hyères Maintenon New-York et les
Antilles
La fenêtre s'ouvre comme une orange
Le beau fruit de la lumière

Paysage

V
OI
LA ?
CI MAISON
Où NAISSENT
LES É
TOI LES
ET LES DIVINITÉS

CET
ARBRISSEAU
QUI SE PRÉPARE
A FRUCTIFIER
TE
RES
SEM
BLE

UN CIGARE a
l
l
u
m
é
q
u
i
f
u
m
e

C
O
U
C
H
É
S
a
MANTS
VOUS
VOUS
SÉ
PA
RE
R
E
Z
E
L
B
M
E
S
N
E
MES
MEM
BRES

Les collines

Au-dessus de Paris un jour
Combattaient deux grands avions
L'un était rouge et l'autre noir
Tandis qu'au zénith flamboyait
L'éternel avion solaire

L'un était toute ma jeunesse
Et l'autre c'était l'avenir
Ils se combattaient avec rage
Ainsi fit contre Lucifer
L'Archange aux ailes radieuses

Ainsi le calcul au problème
Ainsi la nuit contre le jour
Ainsi attaque ce que j'aime
Mon amour ainsi l'ouragan
Déracine l'arbre qui crie

Mais vois quelle douceur partout
Paris comme une jeune fille
S'éveille langoureusement
Secoue sa longue chevelure
Et chante sa belle chanson

Où donc est tombée ma jeunesse
Tu vois que flambe l'avenir
Sache que je parle aujourd'hui
Pour annoncer au monde entier
Qu'enfin est né l'art de prédire

Les collines

Certains hommes sont des collines
Qui s'élèvent d'entre les hommes
Et voient au loin tout l'avenir
Mieux que s'il était le présent
Plus net que s'il était passé

Ornement des temps et des routes
Passe et dure sans t'arrêter
Laissons sibiler les serpents
En vain contre le vent du sud
Les Psylles et l'onde ont péri

Ordre des temps si les machines
Se prenaient enfin à penser
Sur les plages de pierreries
Des vagues d'or se briseraient
L'écume serait mère encore

Moins haut que l'homme vont les aigles
C'est lui qui fait la joie des mers
Comme il dissipe dans les airs
L'ombre et les spleens vertigineux
Par où l'esprit rejoint le songe

Voici le temps de la magie
Il s'en revient attendez-vous
À des milliards de prodiges
Qui n'ont fait naître aucune fable
Nul les ayant imaginés

Profondeurs de la conscience
On vous explorera demain

Et qui sait quels êtres vivants
Seront tirés de ces abîmes
Avec des univers entiers

Voici s'élever des prophètes
Comme au loin des collines bleues
Ils sauront des choses précises
Comme croient savoir les savants
Et nous transporteront partout

La grande force est le désir
Et viens que je te baise au front
Ô légère comme une flamme
Dont tu as toute la souffrance
Toute l'ardeur et tout l'éclat

L'âge en vient on étudiera
Tout ce que c'est que de souffrir
Ce ne sera pas du courage
Ni même du renoncement
Ni tout ce que nous pouvons faire

On cherchera dans l'homme même
Beaucoup plus qu'on n'y a cherché
On scrutera sa volonté
Et quelle force naîtra d'elle
Sans machine et sans instrument

Les secourables mânes errent
Se compénétrant parmi nous
Depuis les temps qui nous rejoignent

Rien n'y finit rien n'y commence
Regarde la bague à ton doigt

Temps des déserts des carrefours
Temps des places et des collines
Je viens ici faire des tours
Où joue son rôle un talisman
Mort et plus subtil que la vie

Je me suis enfin détaché
De toutes choses naturelles
Je peux mourir mais non pécher
Et ce qu'on n'a jamais touché
Je l'ai touché je l'ai palpé

Et j'ai scruté tout ce que nul
Ne peut en rien imaginer
Et j'ai soupesé maintes fois
Même la vie impondérable
Je peux mourir en souriant

Bien souvent j'ai plané si haut
Si haut qu'adieu toutes les choses
Les étrangetés les fantômes
Et je ne veux plus admirer
Ce garçon qui mime l'effroi

Jeunesse adieu jasmin du temps
J'ai respiré ton frais parfum
À Rome sur les chars fleuris
Chargés de masques de guirlandes
Et des grelots du carnaval

Adieu jeunesse blanc Noël
Quand la vie n'était qu'une étoile
Dont je contemplais le reflet
Dans la mer Méditerranée
Plus nacrée que les météores

Duvetée comme un nid d'archanges
Ou la guirlande des nuages
Et plus lustrée que les halos
Émanations et splendeurs
Unique douceur harmonies

Je m'arrête pour regarder
Sur la pelouse incandescente
Un serpent erre c'est moi-même
Qui suis la flûte dont je joue
Et le fouet qui châtie les autres

Il vient un temps pour la souffrance
Il vient un temps pour la bonté
Jeunesse adieu voici le temps
Où l'on connaîtra l'avenir
Sans mourir de sa connaissance

C'est le temps de la grâce ardente
La volonté seule agira
Sept ans d'incroyables épreuves
L'homme se divinisera
Plus pur plus vif et plus savant

Il découvrira d'autres mondes
L'esprit languit comme les fleurs

Dont naissent les fruits savoureux
Que nous regarderons mûrir
Sur la colline ensoleillée

Je dis ce qu'est au vrai la vie
Seul je pouvais chanter ainsi
Mes chants tombent comme des graines
Taisez-vous tous vous qui chantez
Ne mêlez pas l'ivraie au blé

Un vaisseau s'en vint dans le port
Un grand navire pavoisé
Mais nous n'y trouvâmes personne
Qu'une femme belle et vermeille
Elle y gisait assassinée

Une autre fois je mendiais
L'on ne me donna qu'une flamme
Dont je fus brûlé jusqu'aux lèvres
Et je ne pus dire merci
Torche que rien ne peut éteindre

Où donc es-tu ô mon ami
Qui rentrais si bien en toi-même
Qu'un abîme seul est resté
Où je me suis jeté moi-même
Jusqu'aux profondeurs incolores

Et j'entends revenir mes pas
Le long des sentiers que personne
N'a parcourus j'entends mes pas

À toute heure ils passent là-bas
Lents ou pressés ils vont ou viennent

Hiver toi qui te fais la barbe
Il neige et je suis malheureux
J'ai traversé le ciel splendide
Où la vie est une musique
Le sol est trop blanc pour mes yeux

Habituez-vous comme moi
À ces prodiges que j'annonce
À la bonté qui va régner
À la souffrance que j'endure
Et vous connaîtrez l'avenir

C'est de souffrance et de bonté
Que sera faite la beauté
Plus parfaite que n'était celle
Qui venait des proportions
Il neige et je brûle et je tremble

Maintenant je suis à ma table
J'écris ce que j'ai ressenti
Et ce que j'ai chanté là-haut
Un arbre élancé que balance
Le vent dont les cheveux s'envolent

Un chapeau haut de forme est sur
Une table chargée de fruits
Les gants sont morts près d'une pomme
Une dame se tord le cou
Auprès d'un monsieur qui s'avale

Le bal tournoie au fond du temps
J'ai tué le beau chef d'orchestre
Et je pèle pour mes amis
L'orange dont la saveur est
Un merveilleux feu d'artifice

Tous sont morts le maître d'hôtel
Leur verse un champagne irréel
Qui mousse comme un escargot
Ou comme un cerveau de poète
Tandis que chantait une rose

L'esclave tient une épée nue
Semblable aux sources et aux fleuves
Et chaque fois qu'elle s'abaisse
Un univers est éventré
Dont il sort des mondes nouveaux

Le chauffeur se tient au volant
Et chaque fois que sur la route
Il corne en passant le tournant
Il paraît à perte de vue
Un univers encore vierge

Et le tiers nombre c'est la dame
Elle monte dans l'ascenseur
Elle monte monte toujours
Et la lumière se déploie
Et ces clartés la transfigurent

Mais ce sont de petits secrets
Il en est d'autres plus profonds

Qui se dévoileront bientôt
Et feront de vous cent morceaux
À la pensée toujours unique

Mais pleure pleure et repleurons
Et soit que la lune soit pleine
Ou soit qu'elle n'ait qu'un croissant
Ah ! pleure pleure et repleurons
Nous avons tant ri au soleil

Des bras d'or supportent la vie
Pénétrez le secret doré
Tout n'est qu'une flamme rapide
Que fleurit la rose adorable
Et d'où monte un parfum exquis

Arbre

À Frédéric Boutet.

Tu chantes avec les autres tandis que les phonographes galopent
Où sont les aveugles où s'en sont-ils allés
La seule feuille que j'aie cueillie s'est changée en plusieurs mirages
Ne m'abandonnez pas parmi cette foule de femmes au marché
Ispahan s'est fait un ciel de carreaux émaillés de bleu
Et je remonte avec vous une route aux environs de Lyon

Je n'ai pas oublié le son de la clochette d'un marchand de coco d'autrefois
J'entends déjà le son aigre de cette voix à venir
Du camarade qui se promènera avec toi en Europe
Tout en restant en Amérique

Un enfant
Un veau dépouillé pendu à l'étal
Un enfant
Et cette banlieue de sable autour d'une pauvre ville au fond de l'est
Un douanier se tenait là comme un ange
À la porte d'un misérable paradis
Et ce voyageur épileptique écumait dans la salle d'attente des premières

Engoulevent Blaireau
Et la Taupe-Ariane

Nous avions loué deux coupés dans le transsibérien
Tour à tour nous dormions le voyageur en bijouterie
et moi
Mais celui qui veillait ne cachait point un revolver
armé

Tu t'es promené à Leipzig avec une femme mince
déguisée en homme
Intelligence car voilà ce que c'est qu'une femme intel-
ligente
Et il ne faudrait pas oublier les légendes
Dame-Abonde dans un tramway la nuit au fond d'un
quartier désert
Je voyais une chasse tandis que je montais
Et l'ascenseur s'arrêtait à chaque étage

Entre les pierres
Entre les vêtements multicolores de la vitrine
Entre les charbons ardents du marchand de marrons
Entre deux vaisseaux norvégiens amarrés à Rouen
Il y a ton image

Elle pousse entre les bouleaux de la Finlande

Ce beau nègre en acier

La plus grande tristesse
C'est quand tu reçus une carte postale de La Corogne

Arbre

Le vent vient du couchant
Le métal des caroubiers
Tout est plus triste qu'autrefois
Tous les dieux terrestres vieillissent
L'univers se plaint par ta voix
Et des êtres nouveaux surgissent
Trois par trois

Lundi rue Christine

La mère de la concierge et la concierge laisseront tout passer
Si tu es un homme tu m'accompagneras ce soir
Il suffirait qu'un type maintînt la porte cochère
Pendant que l'autre monterait

Trois becs de gaz allumés
La patronne est poitrinaire
Quand tu auras fini nous jouerons une partie de jacquet
Un chef d'orchestre qui a mal à la gorge
Quand tu viendras à Tunis je te ferai fumer du kief

Ça a l'air de rimer

Des piles de soucoupes des fleurs un calendrier
Pim pam pim
Je dois fiche près de 300 francs à ma probloque
Je préférerais me couper le parfaitement que de les lui donner

Je partirai à 20 h. 27
Six glaces s'y dévisagent toujours
Je crois que nous allons nous embrouiller encore davantage
Cher monsieur
Vous êtes un mec à la mie de pain
Cette dame a le nez comme un ver solitaire

Lundi rue Christine

Louise a oublié sa fourrure
Moi je n'ai pas de fourrure et je n'ai pas froid
Le Danois fume sa cigarette en consultant l'horaire
Le chat noir traverse la brasserie

Ces crêpes étaient exquises
La fontaine coule
Robe noire comme ses ongles
C'est complètement impossible
Voici monsieur
La bague en malachite
Le sol est semé de sciure
Alors c'est vrai
La serveuse rousse a été enlevée par un libraire

Un journaliste que je connais d'ailleurs très vaguement

Écoute Jacques c'est très sérieux ce que je vais te dire

Compagnie de navigation mixte

Il me dit monsieur voulez-vous voir ce que je peux faire d'eaux-fortes et de tableaux
Je n'ai qu'une petite bonne

Après déjeuner café du Luxembourg
Une fois là il me présente un gros bonhomme
Qui me dit
Écoutez c'est charmant
À Smyrne à Naples en Tunisie

Mais nom de Dieu où est-ce
La dernière fois que j'ai été en Chine
C'est il y a huit ou neuf ans
L'Honneur tient souvent à l'heure que marque la pendule
La quinte major

Lettre-Océan

je traverse la ville nez en avant et je la coupe en **2**

J'étais au bord du Rhin quand tu partis pour le Mexique
Ta voix me parvient malgré l'énorme distance
Gens de mauvaise mine sur le quai à la Vera Cruz

Juan Aldama

Les voyageurs de *l'Espagne* devant faire
le voyage de Coatzacoalcos pour s'embarquer
je t'envoie cette carte aujourd'hui au lieu

Correos
Mexico
4 centavos

YPIRANGA

REPUBLICA MEXICANA
TARJETA POSTAL

11 45
29 - 5
14

Rue des Batignolles

de profiter du courrier de Vera Cruz qui n'est pas sûr
Tout est calme ici et nous sommes dans l'attente
des événements.

U. S. Postage
2 cents 2

T

Vive la Ré pu bli que

Zut pour M. Zun

Ar ré tez co cher

Hou le croquant

Vi ve le Roy

Sur la rive gauche devant le pont d'Iéna

Des clefs j'en ai vu mille et mille

Evviva il Papa

S

A bas la ca lot te

Jac ques c'é tait dé li cieux

La Tu ni sie tu fondes un jour nal

nou si vous avez une mous tache

ta gueule mon vieux pad

F

BONJOUR ANOMO ANORA TU NE CONNAITRAS JAMAIS BIEN

LES

Mayas

Te souviens-tu du tremblement de terre entre 1885 et 1890
on coucha plus d'un mois sous la tente

BONJOUR MON FRÈRE ALBERT à Mexico

Jeunes filles à Chapultepec

Tous
saint
Luca
est
main
tenant
à
Poi
tiers

et
com
ment
j'ai
brû
lé
le
dur
avec
ma
gerce

rue
St-
Isidore
à
la
Havane
cela
n'existe
+

LES CHAUSSURES NEUVES DU POÈTE

cré
cré
cré
cré
cré

GRAMOPHONES

z z z z z

ture les voyageurs pour Chato

moya

ou tes cré

cré cré por AUTOBUS z Chirim…

r r o z

o o z

les to

cré ting SIRÈNES z cré

ro

cré mez Hou Hou z cré

Haute ro

ting Hou de ou z

allons circulez Mes fer Hou 300 ou ro z A la Crème à

mètres

cré ris tion ou ou ting ou cré

cré fleu sec ou ou ou ting ou cré

dins de ro ou

o

jar ment ge chan a

vos o cré cré

le cré de o o o o

cablc
gramme
compor
tait
2
mots
EN
SURETÉ

Pen
deco
c'est
+
qu'un
im
bécile

cré cré

cré

cré cré

je
me
suis
levé
à
2 h.
du
matin
et
j'ai
déjà
bu
un
mou
ton

prié
taire
de
5
ou
6
im

il
ap
pelsit
l'Indien
Hijo
de
la
Cin
ga
da

Sur les prophéties

J'ai connu quelques prophétesses
Madame Salmajour avait appris en Océanie à tirer les cartes
C'est là-bas qu'elle avait eu encore l'occasion de participer
À une scène savoureuse d'anthropophagie
Elle n'en parlait pas à tout le monde
En ce qui concerne l'avenir elle ne se trompait jamais

Une cartomancienne céretane Marguerite je ne sais plus quoi
Est également habile
Mais Madame Deroy est la mieux inspirée
La plus précise
Tout ce qu'elle m'a dit du passé était vrai et tout ce qu'elle
M'a annoncé s'est vérifié dans le temps qu'elle indiquait
J'ai connu un sciomancien mais je n'ai pas voulu qu'il interrogeât mon ombre
Je connais un sourcier c'est le peintre norvégien Diriks

Miroir brisé sel renversé ou pain qui tombe
Puissent ces dieux sans figure m'épargner toujours
Au demeurant je ne crois pas mais je regarde et j'écoute et notez
Que je lis assez bien dans la main
Car je ne crois pas mais je regarde et quand c'est possible j'écoute

Sur les prophéties

Tout le monde est prophète mon cher André Billy
Mais il y a si longtemps qu'on fait croire aux gens
Qu'ils n'ont aucun avenir qu'ils sont ignorants à jamais
Et idiots de naissance
Qu'on en a pris son parti et que nul n'a même l'idée
De se demander s'il connaît l'avenir ou non
Il n'y a pas d'esprit religieux dans tout cela
Ni dans les superstitions ni dans les prophéties
Ni dans tout ce que l'on nomme occultisme
Il y a avant tout une façon d'observer la nature
Et d'interpréter la nature
Qui est très légitime

Le musicien de Saint-Merry

J'ai enfin le droit de saluer des êtres que je ne connais
pas
Ils passent devant moi et s'accumulent au loin
Tandis que tout ce que j'en vois m'est inconnu
Et leur espoir n'est pas moins fort que le mien

Je ne chante pas ce monde ni les autres astres
Je chante toutes les possibilités de moi-même hors de
ce monde et des astres
Je chante la joie d'errer et le plaisir d'en mourir

Le 21 du mois de mai 1913
Passeur des morts et les mordonnantes mériennes
Des millions de mouches éventaient une splendeur
Quand un homme sans yeux sans nez et sans oreilles
Quittant le Sébasto entra dans la rue Aubry-le-Boucher
Jeune l'homme était brun et ce couleur de fraise sur
les joues
Homme Ah ! Ariane
Il jouait de la flûte et la musique dirigeait ses pas
Il s'arrêta au coin de la rue Saint-Martin
Jouant l'air que je chante et que j'ai inventé
Les femmes qui passaient s'arrêtaient près de lui
Il en venait de toutes parts
Lorsque tout à coup les cloches de Saint-Merry se
mirent à sonner
Le musicien cessa de jouer et but à la fontaine
Qui se trouve au coin de la rue Simon-Le-Franc

Puis Saint-Merry se tut
L'inconnu reprit son air de flûte
Et revenant sur ses pas marcha jusqu'à la rue de la Verrerie
Où il entra suivi par la troupe des femmes
Qui sortaient des maisons
Qui venaient par les rues traversières les yeux fous
Les mains tendues vers le mélodieux ravisseur
Il s'en allait indifférent jouant son air
Il s'en allait terriblement

Puis ailleurs
À quelle heure un train partira-t-il pour Paris

À ce moment
Les pigeons des Moluques fientaient des noix muscades
En même temps
Mission catholique de Bôma qu'as-tu fait du sculpteur

Ailleurs
Elle traverse un pont qui relie Bonn à Beuel et disparaît à travers Pützchen

Au même instant
Une jeune fille amoureuse du maire
Dans un autre quartier
Rivalise donc poète avec les étiquettes des parfumeurs

En somme ô rieurs vous n'avez pas tiré grand-chose des hommes

Et à peine avez-vous extrait un peu de graisse de leur misère
Mais nous qui mourons de vivre loin l'un de l'autre
Tendons nos bras et sur ces rails roule un long train de marchandises

Tu pleurais assise près de moi au fond d'un fiacre

Et maintenant
Tu me ressembles tu me ressembles malheureusement

Nous nous ressemblons comme dans l'architecture du siècle dernier
Ces hautes cheminées pareilles à des tours
Nous allons plus haut maintenant et ne touchons plus le sol

Et tandis que le monde vivait et variait

Le cortège des femmes long comme un jour sans pain
Suivait dans la rue de la Verrerie l'heureux musicien

Cortèges ô cortèges
C'est quand jadis le roi s'en allait à Vincennes
Quand les ambassadeurs arrivaient à Paris
Quand le maigre Suger se hâtait vers la Seine
Quand l'émeute mourait autour de Saint-Merry

Cortèges ô cortèges
Les femmes débordaient tant leur nombre était grand
Dans toutes les rues avoisinantes

Et se hâtaient raides comme balle
Afin de suivre le musicien
Ah ! Ariane et toi Pâquette et toi Amine
Et toi Mia et toi Simone et toi Mavise
Et toi Colette et toi la belle Geneviève
Elles ont passé tremblantes et vaines
Et leurs pas légers et prestes se mouvaient selon la cadence
De la musique pastorale qui guidait
Leurs oreilles avides

L'inconnu s'arrêta un moment devant une maison à vendre
Maison abandonnée
Aux vitres brisées
C'est un logis du seizième siècle
La cour sert de remise à des voitures de livraisons
C'est là qu'entra le musicien
Sa musique qui s'éloignait devint langoureuse
Les femmes le suivirent dans la maison abandonnée
Et toutes y entrèrent confondues en bande
Toutes toutes y entrèrent sans regarder derrière elles
Sans regretter ce qu'elles ont laissé
Ce qu'elles ont abandonné
Sans regretter le jour la vie et la mémoire
Il ne resta bientôt plus personne dans la rue de la Verrerie
Sinon moi-même et un prêtre de Saint-Merry
Nous entrâmes dans la vieille maison
Mais nous n'y trouvâmes personne

Voici le soir
À Saint-Merry c'est l'Angélus qui sonne
Cortèges ô cortèges
C'est quand jadis le roi revenait de Vincennes
Il vint une troupe de casquettiers
Il vint des marchands de bananes
Il vint des soldats de la garde républicaine

Ô nuit
Troupeau de regards langoureux des femmes
Ô nuit
Toi ma douleur et mon attente vaine
J'entends mourir le son d'une flûte lointaine

La cravate et la montre

LA CRAVATE
DOU
LOU
REUSE
QUE TU
PORTES
ET QUI T'
ORNE O CI
VILISÉ
OTE- TU VEUX
LA BIEN
SI RESPI
RER

COMME L'ON
S'AMUSE
BI
EN

les heures
la
et le
vers
dantesque
luisant et
cadavérique
beau
Mon
cœur
té
de
la
le bel
inconnu
Il
est
—
5
en
fin
Et
tout
se
ra
fi
ni
les
yeux
vie
pas
se
les Muses
aux portes de
ton corps
l'enfant
la
dou
leur
l'infini
redressé
pas un fou
de philosophe
Agla
de
mou
rir
semaine
la main

Tircis

Un fantôme de nuées

Comme c'était la veille du quatorze juillet
Vers les quatre heures de l'après-midi
Je descendis dans la rue pour aller voir les saltimbanques

Ces gens qui font des tours en plein air
Commencent à être rares à Paris
Dans ma jeunesse on en voyait beaucoup plus qu'aujourd'hui
Ils s'en sont allés presque tous en province

Je pris le boulevard Saint-Germain
Et sur une petite place située entre Saint-Germain-des-Prés et la statue de Danton
Je rencontrai les saltimbanques

La foule les entourait muette et résignée à attendre
Je me fis une place dans ce cercle afin de tout voir
Poids formidables
Villes de Belgique soulevées à bras tendu par un ouvrier russe de Longwy
Haltères noirs et creux qui ont pour tige un fleuve figé
Doigts roulant une cigarette amère et délicieuse comme la vie

De nombreux tapis sales couvraient le sol
Tapis qui ont des plis qu'on ne défera pas
Tapis qui sont presque entièrement couleur de la poussière

Et où quelques taches jaunes ou vertes ont persisté
Comme un air de musique qui vous poursuit

Vois-tu le personnage maigre et sauvage
La cendre de ses pères lui sortait en barbe grisonnante
Il portait ainsi toute son hérédité au visage
Il semblait rêver à l'avenir
En tournant machinalement un orgue de Barbarie
Dont la lente voix se lamentait merveilleusement
Les glouglous les couacs et les sourds gémissements

Les saltimbanques ne bougeaient pas
Le plus vieux avait un maillot couleur de ce rose violâtre qu'ont aux joues certaines jeunes filles fraîches mais près de la mort

Ce rose-là se niche surtout dans les plis qui entourent souvent leur bouche
Ou près des narines
C'est un rose plein de traîtrise

Cet homme portait-il ainsi sur le dos
La teinte ignoble de ses poumons

Les bras les bras partout montaient la garde
Le second saltimbanque
N'était vêtu que de son ombre
Je le regardai longtemps
Son visage m'échappe entièrement
C'est un homme sans tête

Un autre enfin avait l'air d'un voyou
D'un apache bon et crapule à la fois
Avec son pantalon bouffant et les accroche-chaussettes
N'aurait-il pas eu l'apparence d'un maquereau à sa toilette

La musique se tut et ce furent des pourparlers avec le public
Qui sou à sou jeta sur le tapis la somme de deux francs cinquante
Au lieu des trois francs que le vieux avait fixés comme prix des tours

Mais quand il fut clair que personne ne donnerait plus rien
On se décida à commencer la séance
De dessous l'orgue sortit un tout petit saltimbanque habillé de rose pulmonaire
Avec de la fourrure aux poignets et aux chevilles
Il poussait des cris brefs
Et saluait en écartant gentiment les avant-bras
Mains ouvertes

Une jambe en arrière prête à la génuflexion
Il salua ainsi aux quatre points cardinaux
Et quand il marcha sur une boule
Son corps mince devint une musique si délicate que nul parmi les spectateurs n'y fut insensible
Un petit esprit sans aucune humanité
Pensa chacun
Et cette musique des formes

Détruisit celle de l'orgue mécanique
Que moulait l'homme au visage couvert d'ancêtres

Le petit saltimbanque fit la roue
Avec tant d'harmonie
Que l'orgue cessa de jouer
Et que l'organiste se cacha le visage dans les mains
Aux doigts semblables aux descendants de son destin
Fœtus minuscules qui lui sortaient de la barbe
Nouveaux cris de Peau-Rouge
Musique angélique des arbres
Disparition de l'enfant
Les saltimbanques soulevèrent les gros haltères à bout de bras
Ils jonglèrent avec les poids

Mais chaque spectateur cherchait en soi l'enfant miraculeux
Siècle ô siècle des nuages

Cœur couronne et miroir

M o N C œ U R P A R E I L à U N E F L A M M E R E N V E R S É E

Q
L R U M R
ES OIS I EU ENT
TOUR A TOUR
RENAISSENT AU CŒUR DES POÈTES

DANS CE MI ROIR JE SUIS EN CLOS VI VANT ET VRAI COM ME ON I MA GI NE LES AN GES ET NON COM ME SONT LES RE FLETS

Guillaume
Apollinaire

Voyage

A Mlle Paula Valmont

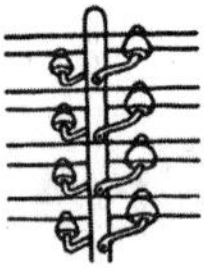

ADIEU AMOUR NUAGE QUI
FUIS REFAIS LE VOYAGE DE DANTE
ET N'A PAS CHU PLUIE FÉCON

OU VA DONC CE TRAIN QUI MEURT
DANS LES VALS ET LES BEAUX BOIS

LA DOUCE NUIT

PLEINE D'ÉTOILES

NE

JE

TÉLÉGRAPHE

OISEAU QUI LAISSE TOMBER

SES AILES PARTOUT

AU LOIN
FRAIS DU **TENDRE ÉTÉ SI PALE ?**

L U N A I R E ET

C'EST TON VISAGE QUE

V O I S PLUS

Tour

À R.D.

Au Nord au Sud
Zénith Nadir
Et les grands cris de l'Est
L'Océan se gonfle à l'Ouest
La Tour à la Roue
S'adresse

À travers l'Europe

À M. Ch.

Rotsoge
Ton visage écarlate ton biplan transformable en hydro-
plan
Ta maison ronde où il nage un hareng saur
Il me faut la clef des paupières
Heureusement que nous avons vu M. Panado
Et nous sommes tranquilles de ce côté-là
Qu'est-ce que tu vois mon vieux M. D…
90 ou 324 un homme en l'air un veau qui regarde à
travers le ventre de sa mère

J'ai cherché longtemps sur les routes
Tant d'yeux sont clos au bord des routes
Le vent fait pleurer les saussaies
Ouvre ouvre ouvre ouvre ouvre
Regarde mais regarde donc
Le vieux se lave les pieds dans la cuvette
Una volta ho inteso dire Chè vuoi
Je me mis à pleurer en me souvenant de vos enfances

Et toi tu me montres un violet épouvantable

Ce petit tableau où il y a une voiture m'a rappelé
le jour

Un jour fait de morceaux mauves jaunes bleus verts
  et rouges
Où je m'en allais à la campagne avec une charmante
  cheminée tenant sa chienne en laisse
Il n'y en a plus tu n'as plus ton petit mirliton
La cheminée fume loin de moi des cigarettes russes
La chienne aboie contre les lilas
La veilleuse est consumée
Sur la robe ont chu des pétales
Deux anneaux d'or près des sandales
Au soleil se sont allumés
Mais tes cheveux sont le trolley
À travers l'Europe vêtue de petits feux multicolores

Il pleut

il pleut des voix de femmes comme si elles étaient mortes même dans le souvenir
c'est vous aussi qu'il pleut merveilleuses rencontres de ma vie ô gouttelettes
et ces nuages cabrés se prennent à hennir tout un univers de villes auriculaires
écoute s'il pleut tandis que le regret et le dédain pleurent une ancienne musique
écoute tomber les liens qui te retiennent en haut et en bas

ÉTENDARDS

La petite auto

Le 31 du mois d'août 1914
Je partis de Deauville un peu avant minuit
Dans la petite auto de Rouveyre

Avec son chauffeur nous étions trois

Nous dîmes adieu à toute une époque
Des géants furieux se dressaient sur l'Europe
Les aigles quittaient leur aire attendant le soleil
Les poissons voraces montaient des abîmes
Les peuples accouraient pour se connaître à fond
Les morts tremblaient de peur dans leurs sombres demeures

Les chiens aboyaient vers là-bas où étaient les frontières
Je m'en allais portant en moi toutes ces armées qui se battaient
Je les sentais monter en moi et s'étaler les contrées où elles serpentaient
Avec les forêts les villages heureux de la Belgique
Francorchamps avec l'Eau Rouge et les pouhons
Région par où se font toujours les invasions
Artères ferroviaires où ceux qui s'en allaient mourir
saluaient encore une fois la vie colorée
Océans profonds où remuaient les monstres
Dans les vieilles carcasses naufragées
Hauteurs inimaginables où l'homme combat

Plus haut que l'aigle ne plane
L'homme y combat contre l'homme
Et descend tout à coup comme une étoile filante
Je sentais en moi des êtres neufs pleins de dextérité
Bâtir et aussi agencer un univers nouveau
Un marchand d'une opulence inouïe et d'une taille
prodigieuse
Disposait un étalage extraordinaire
Et des bergers gigantesques menaient
De grands troupeaux muets qui broutaient les paroles
Et contre lesquels aboyaient tous les chiens sur la route

Je n'oublierai jamais ce voyage nocturne où nul de nous ne dit un mot

O
dé
part
sombre
où mouraient
nos 3 phares

o
nuit
tendre
d'avant
la guerre

o
vil
lages où
s
e
h
â
t
a
i
e
n
t

MARECHAUX-FERRANTS RAPPELES
ENTRE MINUIT ET UNE HEURE DU MATIN

v
e r s
LISIEUX
l a t r è s
b l e u
e

ou bien

v
e r s
a i l l e
s d ' o
r

et 3 fois nous nous arrêtâmes pour changer un pneu qui avait éclaté

La petite auto

Et quand après avoir passé l'après-midi
Par Fontainebleau
Nous arrivâmes à Paris
Au moment où l'on affichait la mobilisation
Nous comprîmes mon camarade et moi
Que la petite auto nous avait conduits dans une époque
Nouvelle
Et bien qu'étant déjà tous deux des hommes mûrs
Nous venions cependant de naître

La mandoline
l'œillet et le bambou

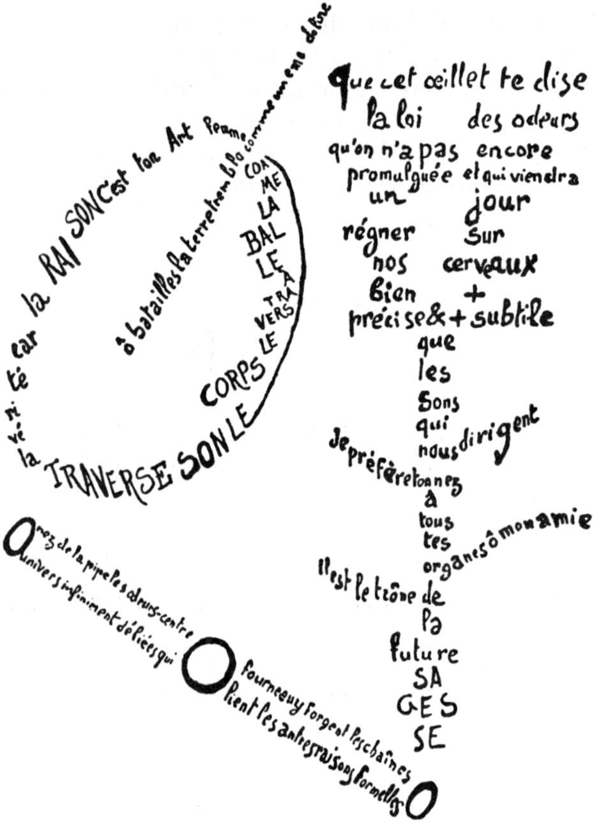

Fumées

Et tandis que la guerre
Ensanglante la terre
Je hausse les odeurs
Près des couleurs-saveurs

Et je fu
m
e
du
ta
bac
de
ZoNE

Des fleurs à ras du sol regardent par bouffées
Les boucles des odeurs par tes mains décoiffées
Mais je connais aussi les grottes parfumées
Où gravite l'azur unique des fumées
Où plus doux que la nuit et plus pur que le jour
Tu t'étends comme un dieu fatigué par l'amour
Tu fascines les flammes
Elles rampent à tes pieds
Ces nonchalantes femmes
Tes feuilles de papier

À Nîmes

À Émile Léonard.

Je me suis engagé sous le plus beau des cieux
Dans Nice la Marine au nom victorieux

Perdu parmi 900 conducteurs anonymes
Je suis un charretier du neuf charroi de Nîmes

L'Amour dit Reste ici Mais là-bas les obus
Épousent ardemment et sans cesse les buts

J'attends que le printemps commande que s'en aille
Vers le nord glorieux l'intrépide bleusaille

Les 3 servants assis dodelinent leurs fronts
Où brillent leurs yeux clairs comme mes éperons

Un bel après-midi de garde à l'écurie
J'entends sonner les trompettes d'artillerie

J'admire la gaieté de ce détachement
Qui va rejoindre au front notre beau régiment

Le territorial se mange une salade
À l'anchois en parlant de sa femme malade

4 pointeurs fixaient les bulles des niveaux
Qui remuaient ainsi que les yeux des chevaux

À Nîmes

Le bon chanteur Girault nous chante après 9 heures
Un grand air d'opéra toi l'écoutant tu pleures

Je flatte de la main le petit canon gris
Gris comme l'eau de Seine et je songe à Paris

Mais ce pâle blessé m'a dit à la cantine
Des obus dans la nuit la splendeur argentine

Je mâche lentement ma portion de bœuf
Je me promène seul le soir de 5 à 9

Je selle mon cheval nous battons la campagne
Je te salue au loin belle rose ô tour Magne

La colombe poignardée et le jet d'eau

Douces figures poignardées Chères lèvres fleuries
MIA MAREYE
YETTE LORIE
ANNIE et toi MARIE
où êtes-
vous ô
jeunes filles
MAIS
près d'un
jet d'eau qui
pleure et qui prie
cette colombe s'extasie

Tous les souvenirs de naguère
Ô mes amis partis en guerre
Jaillissent vers le firmament
Et vos regards en l'eau dormant
Meurent mélancoliquement
Où sont-ils Braque et Max Jacob
Derain aux yeux gris comme l'aube
?
Où sont Raynal Billy Dalize
Dont les noms se mélancolisent
Comme des pas dans une église
Où est Cremnitz qui s'engagea
Peut-être sont-ils morts déjà
De souvenirs mon âme est pleine
Le jet d'eau pleure sur ma peine

CEUX QUI SONT PARTIS A LA GUERRE AU NORD SE BATTENT MAINTENANT
Le soir tombe O sanglante mer
Jardins où saigne abondamment le laurier rose fleur guerrière

2e canonnier conducteur

Me voici libre et fier parmi mes compagnons
Le Réveil a sonné et dans le petit jour je salue
La fameuse Nancéenne que je n'ai pas connue

AS-
TU CON
NU LA QUI
PU TAIN A FOUTU LA VXXXXX A TOUTE L'ARTILLERIE
DE N L'ARTILLERIE ne ..
ANCY s'est au
pas mal
aperçu qu'elle avait

Les 3 servants bras dessus bras dessous se sont endormis sur l'avant-train
Et conducteur par mont par val sur le porteur
Au pas au trot ou au galop je conduis le canon
Le bras de l'officier est mon étoile polaire
Il pleut mon manteau est trempé et je m'essuie parfois la figure
Avec la serviette-torchon qui est dans la sacoche du sous-verge
Voici des fantassins aux pas pesants aux pieds boueux
La pluie les pique de ses aiguilles le sac les suit

SA
CRÉ NOM
DE DIEU
QUELLE
AL LU
RE NOM
DE DIEU
QUEL LE
ALLURE NUIT
que la
TDC
CEPENDANT ESEND
ANT S ND

SOU VE
NIRS DE
PARIS
AVANT LA
GUERRE ILS
SERONT BIEN
PLUS DOUX
APRÈS LA
VICTOIRE

S
A
LUT
M
ON
DE
DONT
JE SUIS
LA LAN
GUE É
LOQUEN
TE QUESA
BOUCHE
O PARIS
TIRE ET TIRERA
TOU JOURS
AUX AL
LEM ANDS

Fantassins
Marchantes mottes de terre
Vous êtes la puissance
Du sol qui vous a faits
Et c'est le sol qui va
Lorsque vous avancez
Un officier passe au galop
Comme un ange bleu dans la pluie grise
Un blessé chemine en fumant une pipe
Le lièvre détale et voici un ruisseau que j'aime
Et cette jeune femme nous salue charretiers
La Victoire se tient après nos jugulaires
Et calcule pour nos canons les mesures angulaires
Nos salves nos rafales sont ses cris de joie
Ses fleurs sont nos obus aux gerbes merveilleuses
Sa pensée se recueille aux tranchées glorieuses

J'ENTENDS CHAN
N
L
E TER l'oiseau
B E
EL OISEAU RAPAC

Veille

Mon cher André Rouveyre
Troudla la Champignon Tabatière
On ne sait quand on partira
Ni quand on reviendra

Au Mercure de France
Mars revient tout couleur d'espérance
J'ai envoyé mon papier
Sur papier quadrillé

J'entends les pas des grands chevaux d'artillerie allant au trot sur la grand-route où moi je veille
Un grand manteau gris de crayon comme le ciel m'enveloppe jusqu'à l'oreille
Quel
Ciel
Triste
Piste
Où
Vale
Pâle
Sou-
rire
De la lune qui me regarde écrire

Ombre

Vous voilà de nouveau près de moi
Souvenirs de mes compagnons morts à la guerre
L'olive du temps
Souvenirs qui n'en faites plus qu'un
Comme cent fourrures ne font qu'un manteau
Comme ces milliers de blessures ne font qu'un article
  de journal
Apparence impalpable et sombre qui avez pris
La forme changeante de mon ombre
Un Indien à l'affût pendant l'éternité
Ombre vous rampez près de moi
Mais vous ne m'entendez plus
Vous ne connaîtrez plus les poèmes divins que je chante
Tandis que moi je vous entends je vous vois encore
Destinées
Ombre multiple que le soleil vous garde
Vous qui m'aimez assez pour ne jamais me quitter
Et qui dansez au soleil sans faire de poussière
Ombre encre du soleil
Écriture de ma lumière
Caisson de regrets
Un dieu qui s'humilie

C'est Lou qu'on la nommait

Il est des loups de toute sorte
Je connais le plus inhumain
Mon cœur que le diable l'emporte
Et qu'il le dépose à sa porte
N'est plus qu'un jouet dans sa main

Les loups jadis étaient fidèles
Comme sont les petits toutous
Et les soldats amants des belles
Galamment en souvenir d'elles
Ainsi que les loups étaient doux

Mais aujourd'hui les temps sont pires
Les loups sont tigres devenus
Et les soldats et les Empires
Les Césars devenus Vampires
Sont aussi cruels que Vénus

J'en ai pris mon parti Rouveyre
Et monté sur mon grand cheval
Je vais bientôt partir en guerre
Sans pitié chaste et l'œil sévère
Comme ces guerriers qu'Épinal

Vendait Images populaires
Que Georgin gravait dans le bois
Où sont-ils ces beaux militaires
Soldats passés Où sont les guerres
Où sont les guerres d'autrefois

CASE D'ARMONS

La 1re édition à 25 exemplaires de Case d'Armons *a été polygraphiée sur papier quadrillé, à l'encre violette, au moyen de gélatine, à la batterie de tir (45e batterie, 38e Régiment d'artillerie de campagne) devant l'ennemi, et le tirage a été achevé le 17 juin 1915.*

Loin du pigeonnier

Et vous savez pourquoi

Pour
quoi
la chère cou
leu
vre se love
de
la mer
jusqu'
à l'espoir
a
tten
dri
ssánt
de
l'Est

Malourène 75 Canteraine

Hexa
èdres
bar
belés
mais un secret
collines bleues
en sentinelle

dans la
Forêt
où
nous chantons

O gerbes
des
3o5
en déroute

Reconnaissance

À Mademoiselle P...

Un seul bouleau crépusculaire
Pâlit au seuil de l'horizon
Où fuit la mesure angulaire
Du cœur à l'âme et la raison

Le galop bleu des souvenances
Traverse les lilas des yeux

Et les canons des indolences
Tirent mes songes vers
                    les
                        cieux

S P

Au maréchal des
logis René Berthier.

Qu'est-ce qu'on y met
Dans la case d'armons
Espèce de poilu de mon cœur

Pan pan pan
Perruque perruque
Pan pan pan
Perruque à canon

Pour lutter contre les vapeurs
les lunettes pour protéger les yeux
au moyen d'un masque nocivité gaz
un tissu trempé mouchoir des nez

dans
la so
lution
de bi
carbo
nate de
sodium

Les masques seront sim
plement mouillés des lar
mes de rire de rire

Visée

À Madame René Bertbier.

Chevaux couleur cerise limite des Zélandes
Des mitrailleuses d'or coassent les légendes
Je t'aime liberté qui veilles dans les hypogées
Harpe aux cordes d'argent ô pluie ô ma musique
L'invisible ennemi plaie d'argent au soleil
Et l'avenir secret que la fusée élucide
Entends nager le Mot poisson subtil
Les villes tour à tour deviennent des clefs
Le masque bleu comme met Dieu son ciel
Guerre paisible ascèse solitude métaphysique
Enfant aux mains coupées parmi les roses oriflammes

1915

Soldats

de faïence

et d'esca-

rboucle

Ô amour

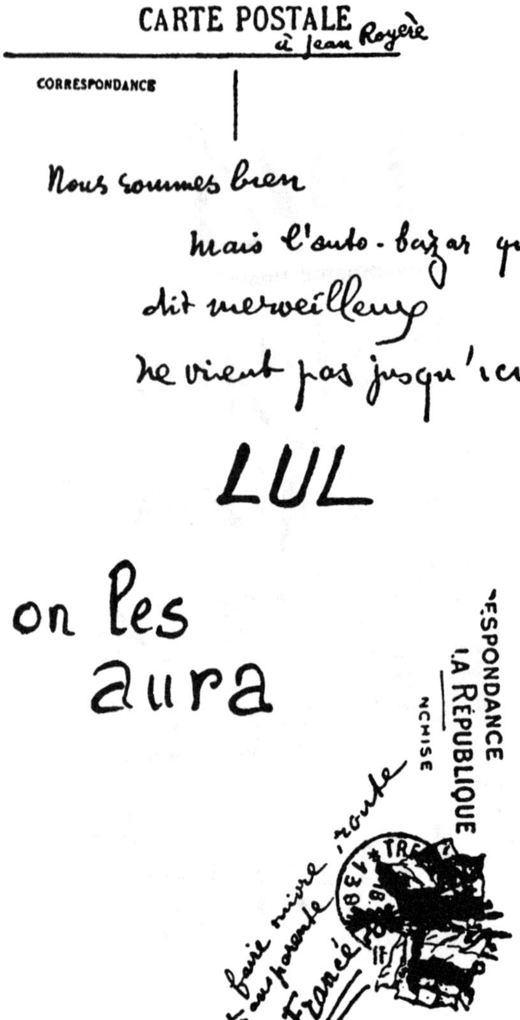

CARTE POSTALE

à Jean Royère

CORRESPONDANCE

Nous sommes bien

mais l'auto-bazar qu'on

dit merveilleux

ne vient pas jusqu'ici

LUL

on les aura

ESPONDANCE

LA RÉPUBLIQUE

NCHISE

faire suivre route

transparente

France

Saillant

À André Level.

Rapidité attentive à peine un peu d'incertitude
Mais un dragon à pied sans armes
Parmi le vent quand survient la

	S	torpille aérienne	
Salut	A	Le balai de verdure	Grain
Le Rapace	L	T'en souviens-tu	de
	U	Il est ici dans les pierres	blé
	T	Du beau royaume dévasté	

Mais la couleuvre me regarde dressée comme une épée

Vive comme un cheval pif
Un trou d'obus propre comme une salle de bain
Berger suivi de son troupeau mordoré
Mais où est un cœur et le svastica
Aÿ Ancien nom du renom
Le crapaud chantait les saphirs nocturnes

Lou
Lou Verzy

VIVE
LE
CAPISTON

Et le long du canal des filles s'en allaient

Guerre

Rameau central de combat
        Contact par l'écoute
On tire dans la direction « des bruits entendus »
Les jeunes de la classe 1915
Et ces fils de fer électrisés
Ne pleurez donc pas sur les horreurs de la guerre
Avant elle nous n'avions que la surface
De la terre et des mers
Après elle nous aurons les abîmes
Le sous-sol et l'espace aviatique
Maîtres du timon
Après après
Nous prendrons toutes les joies
Des vainqueurs qui se délassent
Femmes Jeux Usines Commerce
Industrie Agriculture Métal
Feu Cristal Vitesse
Voix Regard Tact à part
Et ensemble dans le tact venu de loin
De plus loin encore
De l'Au-delà de cette terre

Mutation

Une femme qui pleurait
Eh ! Oh ! Ha !
Des soldats qui passaient
Eh ! Oh ! Ha !
Un éclusier qui pêchait
Eh ! Oh ! Ha !
Les tranchées qui blanchissaient
Eh ! Oh ! Ha !
Des obus qui pétaient
Eh ! Oh ! Ha !
Des allumettes qui ne prenaient pas
Et tout
A tant changé
En moi
Tout
Sauf mon Amour
Eh ! Oh ! Ha !

Oracles

Je porte votre bague
Elle est très finement ciselée
Le sifflet me fait plus plaisir
Qu'un palais égyptien
Le sifflet des tranchées
Tu sais
Tout au plus si je n'arrête pas
Les métros et les taxis avec
Ô Guerre
Multiplication de l'amour

Petit
Sifflet
à 2 trous

Avec un fil
on prend
la mesure
du doigt

14 juin 1915

On ne peut rien dire
Rien de ce qui se passe
Mais on change de Secteur
Ah ! voyageur égaré
Pas de lettres
Mais l'espoir
Mais un journal
Le glaive antique de la Marseillaise de Rude
S'est changé en constellation
Il combat pour nous au ciel
Mais cela signifie surtout
Qu'il faut être de ce temps
Pas de glaive antique
Pas de Glaive
Mais l'Espoir

De la batterie de tir

Au maréchal des logis F. Bodard.

Nous sommes ton collier France
Venus des Atlantides ou bien des Négrities
Des Eldorados ou bien des Cimméries
Rivière d'hommes forts et d'obus dont l'orient chatoie
Diamants qui éclosent la nuit
                    Ô Roses ô France
Nous nous pâmons de volupté
À ton cou penché vers l'Est
Nous sommes l'Arc-en-terre
Signe plus pur que l'Arc-en-Ciel
    Signe de nos origines profondes
                    Étincelles
Ô nous les très belles couleurs

Échelon

Grenouilles et rainettes
Crapauds et crapoussins
Ascèse sous les peupliers et les frênes
La reine des près va fleurir
Une petite hutte dans la forêt
Là-bas plus blanche est la blessure

Le Ciel

On tire contre avions
Verdun

Coquelicots
Flacon au col d'or
On a pendu la mort
À la lisière du bois
On a pendu la mort
Et ses beaux seins dorés
Se montrent tour à tour

L'orvet
Le sac à malice
La trousse à boutons

Ô rose toujours vive
Ô France
Embaume les espoirs d'une armée qui halète

Le Loriot chante

N'est-ce pas rigolo

Enfin une plume d'épervier

Vers le Sud

Zénith
        Tous ces regrets
                        Ces jardins sans limite
Où le crapaud module un tendre cri d'azur
La biche du silence éperdu passe vite
Un rossignol meurtri par l'amour chante sur
Le rosier de ton corps dont j'ai cueilli les roses
Nos cœurs pendent ensemble au même grenadier
Et les fleurs de grenade en nos regards écloses
En tombant tour à tour ont jonché le sentier

Les soupirs du servant de Dakar

C'est dans la cagnat en rondins voilés d'osier
Auprès des canons gris tournés vers le nord
Que je songe au village africain
Où l'on dansait où l'on chantait où l'on faisait l'amour
Et de longs discours
Nobles et joyeux

Je revois mon père qui se battit
Contre les Achantis
Au service des Anglais
Je revois ma sœur au rire en folie
Aux seins durs comme des obus
Et je revois
Ma mère la sorcière qui seule du village
Méprisait le sel
Piler le millet dans un mortier
Je me souviens du si délicat si inquiétant
Fétiche dans l'arbre
Et du double fétiche de la fécondité
Plus tard une tête coupée
Au bord d'un marécage
Ô pâleur de mon ennemi
C'était une tête d'argent
Et dans le marais
C'était la lune qui luisait
C'était donc une tête d'argent
Là-haut c'était la lune qui dansait
C'était donc une tête d'argent

Et moi dans l'antre j'étais invisible
C'était donc une tête de nègre dans la nuit profonde
Similitudes Pâleurs
Et ma sœur
Suivit plus tard un tirailleur
Mort à Arras

Si je voulais savoir mon âge
Il faudrait le demander à l'évêque
Si doux si doux avec ma mère
De beurre de beurre avec ma sœur
C'était dans une petite cabane
Moins sauvage que notre cagnat de canonniers-servants
J'ai connu l'affût au bord des marécages
Où la girafe boit les jambes écartées
J'ai connu l'horreur de l'ennemi qui dévaste
Le Village
Viole les femmes
Emmène les filles
Et les garçons dont la croupe dure sursaute
J'ai porté l'administrateur des semaines
De village en village
En chantonnant
Et je fus domestique à Paris
Je ne sais pas mon âge
Mais au recrutement
On m'a donné vingt ans
Je suis soldat français on m'a blanchi du coup
Secteur 59 je ne peux pas dire où
Pourquoi donc être blanc est-ce mieux qu'être noir
Pourquoi ne pas danser et discourir

Manger et puis dormir
Et nous tirons sur les ravitaillements boches
Ou sur les fils de fer devant les bobosses
Sous la tempête métallique
Je me souviens d'un lac affreux
Et de couples enchaînés par un atroce amour
Une nuit folle
Une nuit de sorcellerie
Comme cette nuit-ci
Où tant d'affreux regards
Éclatent dans le ciel splendide

Toujours

À Madame Faure-Favier.

Toujours
Nous irons plus loin sans avancer jamais

Et de planète en planète
De nébuleuse en nébuleuse
Le don Juan des mille et trois comètes
Même sans bouger de la terre
Cherche les forces neuves
Et prend au sérieux les fantômes

Et tant d'univers s'oublient
Quels sont les grands oublieurs
Qui donc saura nous faire oublier telle ou telle partie du monde
Où est le Christophe Colomb à qui l'on devra l'oubli d'un continent

Perdre
Mais perdre vraiment
Pour laisser place à la trouvaille
Perdre
La vie pour trouver la Victoire

Fête

À André Rouveyre.

Feu d'artifice en acier
Qu'il est charmant cet éclairage
   Artifice d'artificier
Mêler quelque grâce au courage

Deux fusants
Rose éclatement
Comme deux seins que l'on dégrafe
Tendent leurs bouts insolemment
IL SUT AIMER
                    quelle épitaphe

Un poète dans la forêt
Regarde avec indifférence
   Son revolver au cran d'arrêt
Des roses mourir d'espérance

Il songe aux roses de Saadi
Et soudain sa tête se penche
Car une rose lui redit
La molle courbe d'une hanche

L'air est plein d'un terrible alcool
Filtré des étoiles mi-closes
Les obus caressent le mol
Parfum nocturne où tu reposes
      Mortification des roses

Madeleine

Dans le village arabe

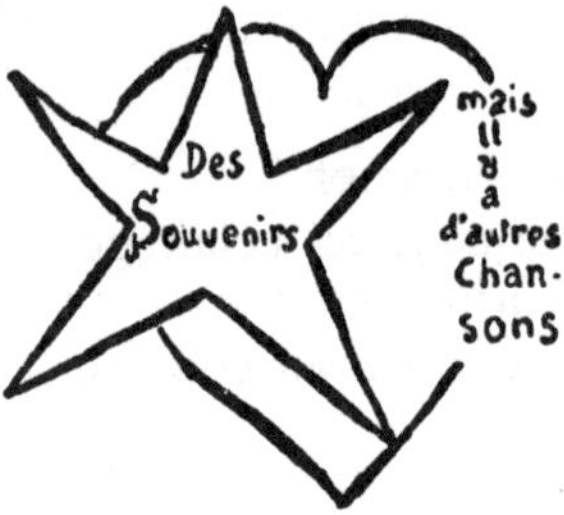

Bonjour mon poète.

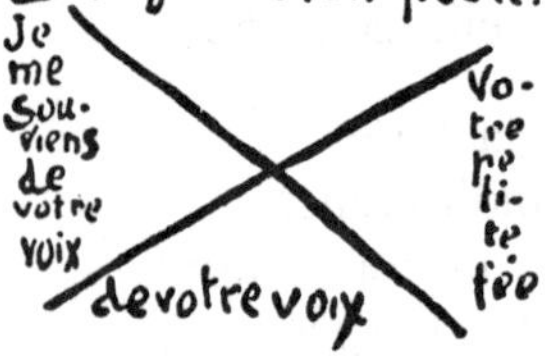

Photographie
tant attendue

Les saisons

C'était un temps béni nous étions sur les plages
Va-t'en de bon matin pieds nus et sans chapeau
Et vite comme va la langue d'un crapaud
L'amour blessait au cœur les fous comme les sages

As-tu connu Guy au galop
Du temps qu'il était militaire
As-tu connu Guy au galop
Du temps qu'il était artiflot
À la guerre

C'était un temps béni Le temps du vaguemestre
On est bien plus serré que dans les autobus
Et des astres passaient que singeaient les obus
Quand dans la nuit survint la batterie équestre

As-tu connu Guy au galop
Du temps qu'il était militaire
As-tu connu Guy au galop
Du temps qu'il était artiflot
À la guerre

C'était un temps béni Jours vagues et nuits vagues
Les marmites donnaient aux rondins des cagnats
Quelque aluminium où tu t'ingénias
À limer jusqu'au soir d'invraisemblables bagues

As-tu connu Guy au galop
Du temps qu'il était militaire
As-tu connu Guy au galop
Du temps qu'il était artiflot
À la guerre

C'était un temps béni La guerre continue
Les Servants ont limé la bague au long des mois
Le Conducteur écoute abrité dans les bois
La chanson que répète une étoile inconnue

As-tu connu Guy au galop
Du temps qu'il était militaire
As-tu connu Guy au galop
Du temps qu'il était artiflot
À la guerre

Venu de Dieuze

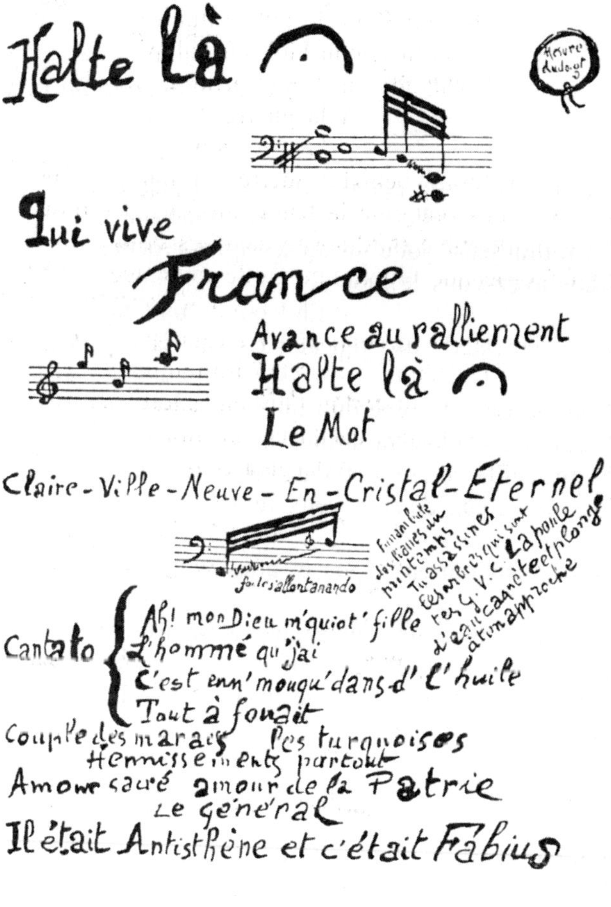

La nuit d'avril 1915

À L. de C.-C.

Le ciel est étoilé par les obus des Boches
La forêt merveilleuse où je vis donne un bal
La mitrailleuse joue un air à triples-croches
Mais avez-vous le mot
                                        Eh ! oui le mot fatal
Aux créneaux Aux créneaux Laissez là les pioches

Comme un astre éperdu qui cherche ses saisons
Cœur obus éclaté tu sifflais ta romance
Et tes mille soleils ont vidé les caissons
Que les dieux de mes yeux remplissent en silence

Nous vous aimons ô vie et nous vous agaçons

Les obus miaulaient un amour à mourir
Un amour qui se meurt est plus doux que les autres
Ton souffle nage au fleuve où le sang va tarir
Les obus miaulaient
                                    Entends chanter les nôtres
Pourpre amour salué par ceux qui vont périr

Le printemps tout mouillé la veilleuse l'attaque
Il pleut mon âme il pleut mais il pleut des yeux morts
Ulysse que de jours pour rentrer dans Ithaque
Couche-toi sur la paille et songe un beau remords

La nuit d'avril 1915

Qui pur effet de l'art soit aphrodisiaque

Mais
          orgues
                    aux fétus de la paille où tu dors
L'hymne de l'avenir est paradisiaque

LUEURS DES TIRS

La grâce exilée

Va-t'en va-t'en mon arc-en-ciel
Allez-vous-en couleurs charmantes
Cet exil t'est essentiel
Infante aux écharpes changeantes

Et l'arc-en-ciel est exilé
Puisqu'on exile qui l'irise
Mais un drapeau s'est envolé
Prendre ta place au vent de bise

La boucle retrouvée

Il retrouve dans sa mémoire
La boucle de cheveux châtains
T'en souvient-il à n'y point croire
De nos deux étranges destins

Du boulevard de la Chapelle
Du joli Montmartre et d'Auteuil
Je me souviens murmure-t-elle
Du jour où j'ai franchi ton seuil

Il y tomba comme un automne
La boucle de mon souvenir
Et notre destin qui t'étonne
Se joint au jour qui va finir

Refus de la colombe

Mensonge de l'Annonciade
La Noël fut la Passion
Et qu'elle était charmante et sade
Cette renonciation

Si la colombe poignardée
Saigne encore de ses refus
J'en plume les ailes l'idée
Et le poème que tu fus

Les feux du bivouac

Les feux mouvants du bivouac
Éclairent des formes de rêve
Et le songe dans l'entrelacs
Des branches lentement s'élève

Voici les dédains du regret
Tout écorché comme une fraise
Le souvenir et le secret
Dont il ne reste que la braise

Les grenadines repentantes

En est-il donc deux dans Grenade
Qui pleurent sur ton seul péché
Ici l'on jette la grenade
Qui se change en un œuf coché

Puisqu'il en naît des coqs Infante
Entends-les chanter leurs dédains
Et que la grenade est touchante
Dans nos effroyables jardins

Tourbillon de mouches

Un cavalier va dans la plaine
La jeune fille pense à lui
Et cette flotte à Mytilène
Le fil de fer est là qui luit

Comme ils cueillaient la rose ardente
Leurs yeux tout à coup ont fleuri
Mais quel soleil la bouche errante
À qui la bouche avait souri

L'adieu du cavalier

Ah Dieu ! que la guerre est jolie
Avec ses chants ses longs loisirs
Cette bague je l'ai polie
Le vent se mêle à vos soupirs

Adieu ! voici le boute-selle
Il disparut dans un tournant
Et mourut là-bas tandis qu'elle
Riait au destin surprenant

Le palais du tonnerre

Par l'issue ouverte sur le boyau dans la craie
En regardant la paroi adverse qui semble en nougat
On voit à gauche et à droite fuir l'humide couloir désert
Où meurt étendue une pelle à la face effrayante à deux yeux réglementaires qui servent à l'attacher sous les caissons
Un rat y recule en hâte tandis que j'avance en hâte
Et le boyau s'en va couronné de craie semé de branches
Comme un fantôme creux qui met du vide où il passe blanchâtre
Et là-haut le toit est bleu et couvre bien le regard fermé par quelques lignes droites
Mais en deçà de l'issue c'est le palais bien nouveau et qui paraît ancien
Le plafond est fait de traverses de chemin de fer
Entre lesquelles il y a des morceaux de craie et des touffes d'aiguilles de sapin
Et de temps en temps des débris de craie tombent comme des morceaux de vieillesse
À côté de l'issue que ferme un tissu lâche d'une espèce qui sert généralement aux emballages
Il y a un trou qui tient lieu d'âtre et ce qui y brûle est un feu semblable à l'âme
Tant il tourbillonne et tant il est inséparable de ce qu'il dévore et fugitif
Les fils de fer se tendent partout servant de sommier supportant des planches

Ils forment aussi des crochets et l'on y suspend mille choses
Comme on fait à la mémoire
Des musettes bleues des casques bleus des cravates bleues des vareuses bleues
Morceaux du ciel tissus des souvenirs les plus purs
Et il flotte parfois en l'air de vagues nuages de craie

Sur la planche brillent des fusées détonateurs joyaux dorés à tête émaillée
Noirs blancs rouges
Funambules qui attendent leur tour de passer sur les trajectoires
Et font un ornement mince et élégant à cette demeure souterraine
Ornée de six lits placés en fer à cheval
Six lits couverts de riches manteaux bleus

Sur le palais il y a un haut tumulus de craie
Et des plaques de tôle ondulée
Fleuve figé de ce domaine idéal
Mais privé d'eau car ici il ne roule que le feu jailli de la mélinite
Le parc aux fleurs de fulminate jaillit des trous penchés
Tas de cloches aux doux sons des douilles rutilantes
Sapins élégants et petits comme en un paysage japonais
Le palais s'éclaire parfois d'une bougie à la flamme aussi petite qu'une souris
Ô palais minuscule comme si on te regardait par le gros bout d'une lunette
Petit palais où tout s'assourdit
Petit palais où tout est neuf rien rien d'ancien

Et où tout est précieux où tout le monde est vêtu
comme un roi
Une selle est dans un coin à cheval sur une caisse
Un journal du jour traîne par terre
Et cependant tout paraît vieux dans cette neuve demeure
Si bien qu'on comprend que l'amour de l'antique
Le goût de l'anticaille
Soit venu aux hommes dès le temps des cavernes
Tout y était si précieux et si neuf
Tout y est si précieux et si neuf
Qu'une chose plus ancienne ou qui a déjà servi y apparaît
Plus précieuse
Que ce qu'on a sous la main
Dans ce palais souterrain creusé dans la craie si
blanche et si neuve
Et deux marches neuves
Elles n'ont pas deux semaines
Sont si vieilles et si usées dans ce palais qui semble
antique sans imiter l'antique
Qu'on voit que ce qu'il y a de plus simple de plus
neuf est ce qui est
Le plus près de ce que l'on appelle la beauté antique
Et ce qui est surchargé d'ornements
A besoin de vieillir pour avoir la beauté qu'on appelle
antique
Et qui est la noblesse la force l'ardeur l'âme l'usure
De ce qui est neuf et qui sert
Surtout si cela est simple simple
Aussi simple que le petit palais du tonnerre

Photographie

Ton sourire m'attire comme
Pourrait m'attirer une fleur
Photographie tu es le champignon brun
De la forêt
Qu'est sa beauté
Les blancs y sont
Un clair de lune
Dans un jardin pacifique
Plein d'eaux vives et de jardiniers endiablés
Photographie tu es la fumée de l'ardeur
Qu'est sa beauté
Et il y a en toi
Photographie
Des tons alanguis
On y entend
Une mélopée
Photographie tu es l'ombre
Du Soleil
Qu'est sa beauté

L’inscription anglaise

C’est quelque chose de si ténu de si lointain
Que d’y penser on arrive à le trop matérialiser
Forme limitée par la mer bleue
Par la rumeur d’un train en marche
Par l’odeur des eucalyptus des mimosas
Et des pins maritimes

Mais le contact et la saveur

Et cette petite voyageuse alerte inclina brusquement la tête sur le quai de la gare à Marseille
Et s’en alla
Sans savoir
Que son souvenir planerait
Sur un petit bois de la Champagne où un soldat s’efforce
Devant le feu d’un bivouac d’évoquer cette apparition
À travers la fumée d’écorce de bouleau
Qui sent l’encens minéen
Tandis que les volutes bleuâtres qui montent
D’un cigare écrivent le plus tendre des noms
Mais les nœuds de couleuvres en se dénouant
Écrivent aussi le nom émouvant
Dont chaque lettre se love en belle anglaise
Et le soldat n’ose point achever
Le jeu de mots bilingue que ne manque point de susciter
Cette calligraphie sylvestre et vernale

Dans l'abri-caverne

Je me jette vers toi et il me semble aussi que tu te jettes vers moi
Une force part de nous qui est un feu solide qui nous soude
Et puis il y a aussi une contradiction qui fait que nous ne pouvons nous apercevoir
En face de moi la paroi de craie s'effrite
Il y a des cassures
De longues traces d'outils traces lisses et qui semblent être faites dans de la stéarine
Des coins de cassures sont arrachés par le passage des types de ma pièce
Moi j'ai ce soir une âme qui s'est creusée qui est vide
On dirait qu'on y tombe sans cesse et sans trouver de fond
Et qu'il n'y a rien pour se raccrocher
Ce qui y tombe et qui y vit c'est une sorte d'êtres laids qui me font mal et qui viennent de je ne sais où
Oui je crois qu'ils viennent de la vie d'une sorte de vie qui est dans l'avenir dans l'avenir brut qu'on n'a pu encore cultiver ou élever ou humaniser
Dans ce grand vide de mon âme il manque un soleil il manque ce qui éclaire
C'est aujourd'hui c'est ce soir et non toujours
Heureusement que ce n'est que ce soir
Les autres jours je me rattache à toi
Les autres jours je me console de la solitude et de toutes les horreurs

En imaginant ta beauté
Pour l'élever au-dessus de l'univers extasié
Puis je pense que je l'imagine en vain
Je ne la connais par aucun sens
Ni même par les mots
Et mon goût de la beauté est-il donc aussi vain
Existes-tu mon amour
Ou n'es-tu qu'une entité que j'ai créée sans le vouloir
Pour peupler la solitude
Es-tu une de ces déesses comme celles que les Grecs
avaient douées pour moins s'ennuyer
Je t'adore ô ma déesse exquise même si tu n'es que
dans mon imagination

Fusée

La boucle des cheveux noirs de ta nuque est mon trésor
Ma pensée te rejoint et la tienne la croise
Tes seins sont les seuls obus que j'aime
Ton souvenir est la lanterne de repérage qui nous sert
à pointer la nuit

En voyant la large croupe de mon cheval j'ai pensé
à tes hanches

Voici les fantassins qui s'en vont à l'arrière en lisant
un journal

Le chien du brancardier revient avec une pipe dans
sa gueule

Un chat-huant ailes fauves yeux ternes gueule de petit
chat et pattes de chat

Une souris verte file parmi la mousse

Le riz a brûlé dans la marmite de campement
Ça signifie qu'il faut prendre garde à bien des choses

Le mégaphone crie
Allongez le tir

Allongez le tir amour de vos batteries

Balance des batteries lourdes cymbales
Qu'agitent les chérubins fous d'amour
En l'honneur du Dieu des Armées

Un arbre dépouillé sur une butte

Le bruit des tracteurs qui grimpent dans la vallée

Ô vieux monde du XIXe siècle plein de hautes cheminées si belles et si pures

Virilités du siècle où nous sommes
Ô canons

Douilles éclatantes des obus de 75
Carillonnez pieusement

Désir

Mon désir est la région qui est devant moi
Derrière les lignes boches
Mon désir est aussi derrière moi
Après la zone des armées

Mon désir c'est la butte du Mesnil
Mon désir est là sur quoi je tire
De mon désir qui est au-delà de la zone des armées
Je n'en parle pas aujourd'hui mais j'y pense

Butte du Mesnil je t'imagine en vain
Des fils de fer des mitrailleuses des ennemis trop sûrs
  d'eux
Trop enfoncés sous terre déjà enterrés

Ca ta clac des coups qui meurent en s'éloignant

En y veillant tard dans la nuit
Le Decauville qui toussote
La tôle ondulée sous la pluie
Et sous la pluie ma bourguignotte

Entends la terre véhémente
Vois les lueurs avant d'entendre les coups

Et tel obus siffler de la démence
Ou le tac tac tac monotone et bref plein de dégoût

Je désire
Te serrer dans ma main Main de Massiges
Si décharnée sur la carte
Le boyau Goethe où j'ai tiré
J'ai tiré même sur le boyau Nietzsche
Décidément je ne respecte aucune gloire
Nuit violente et violette et sombre et pleine d'or par moments
Nuit des hommes seulement

Nuit du 24 septembre
Demain l'assaut
Nuit violente ô nuit dont l'épouvantable cri profond devenait plus intense de minute en minute
Nuit qui criait comme une femme qui accouche
Nuit des hommes seulement

Chant de l'horizon en Champagne

À M. Joseph Granié.

Voici le tétin rose de l'euphorbe verruquée
Voici le nez des soldats invisibles
Moi l'horizon invisible je chante
Que les civils et les femmes écoutent ces chansons
Et voici d'abord la cantilène du brancardier blessé

Le sol est blanc la nuit l'azure
Saigne la crucifixion
Tandis que saigne la blessure
Du soldat de Promission

Un chien jappait l'obus miaule
La lueur muette a jailli
À savoir si la guerre est drôle
Les masques n'ont pas tressailli

Mais quel fou rire sous le masque
Blancheur éternelle d'ici
Où la colombe porte un casque
Et l'acier s'envole aussi

Je suis seul sur le champ de bataille
Je suis la tranchée blanche le bois vert et roux
L'obus miaule
Je te tuerai

Animez-vous fantassins à passepoil jaune
Grands artilleurs roux comme des taupes
Bleu-de-roi comme les golfes méditerranéens
Veloutés de toutes les nuances du velours
Ou mauves encore ou bleu-horizon comme les autres
Ou déteints
Venez le pot en tête
Debout fusée éclairante
Danse grenadier en agitant tes pommes de pin
Alidades des triangles de visée pointez-vous sur les lueurs
Creusez des trous enfants de 20 ans creusez des trous
                Sculptez les profondeurs
Envolez-vous essaims des avions blonds ainsi que les avettes
Moi l'horizon je fais la roue comme un grand Paon
Écoutez renaître les oracles qui avaient cessé
                Le grand Pan est ressuscité
Champagne viril qui émoustille la Champagne
Hommes faits jeunes gens
Caméléon des autos-canons
Et vous classe 16
Craquements des arrivées ou bien floraison blanche dans les cieux
J'étais content pourtant ça brûlait la paupière
Les officiers captifs voulaient cacher leurs noms
Œil du Breton blessé couché sur la civière
Et qui criait aux morts aux sapins aux canons
Priez pour moi Bon Dieu je suis le pauvre Pierre

Chant de l'horizon en Champagne

Boyaux et rumeur du canon
Sur cette mer aux blanches vagues
Fou stoïque comme Zénon
Pilote du cœur tu zigzagues

Petites forêts de sapins
La nichée attend la becquée
Pointe-t-il des nez de lapins
Comme l'euphorbe verruquée

Ainsi que l'euphorbe d'ici
Le soleil à peine boutonne
Je l'adore comme un Parsi
Ce tout petit soleil d'automne

Un fantassin presque un enfant
Bleu comme le jour qui s'écoule
Beau comme mon cœur triomphant
Disait en metttant sa cagoule

Tandis que nous n'y sommes pas
Que de filles deviennent belles
Voici l'hiver et pas à pas
Leur beauté s'éloignera d'elles

Ô Lueurs soudaines des tirs
Cette beauté que j'imagine
Faute d'avoir des souvenirs
Tire de vous son origine

Car elle n'est rien que l'ardeur
De la bataille violente

Et de la terrible lueur
Il s'est fait une muse ardente

Il regarde longtemps l'horizon
Couteaux tonneaux d'eaux
Des lanternes allumées se sont croisées
Moi l'horizon je combattrai pour la victoire

Je suis l'invisible qui ne peut disparaître
Je suis comme l'onde
Allons ouvrez les écluses que je me précipite et renverse tout

Océan de terre

À G. de Chirico.

J'ai bâti une maison au milieu de l'Océan
Ses fenêtres sont les fleuves qui s'écoulent de mes yeux
Des poulpes grouillent partout où se tiennent les murailles
Entendez battre leur triple cœur et leur bec cogner aux vitres
Maison humide
Maison ardente
Saison rapide
Saison qui chante
Les avions pondent des œufs
Attention on va jeter l'ancre
Attention à l'encre que l'on jette
Il serait bon que vous vinssiez du ciel
Le chèvrefeuille du ciel grimpe
Les poulpes terrestres palpitent
Et puis nous sommes tant et tant à être nos propres fossoyeurs
Pâles poulpes des vagues crayeuses ô poulpes aux becs pâles
Autour de la maison il y a cet océan que tu connais
Et qui ne repose jamais

OBUS COULEUR DE LUNE

Merveille de la guerre

Que c'est beau ces fusées qui illuminent la nuit
Elles montent sur leur propre cime et se penchent pour regarder
Ce sont des dames qui dansent avec leurs regards pour yeux bras et cœurs

J'ai reconnu ton sourire et ta vivacité

C'est aussi l'apothéose quotidienne de toutes mes Bérénices dont les chevelures sont devenues des comètes
Ces danseuses surdorées appartiennent à tous les temps et à toutes les races
Elles accouchent brusquement d'enfants qui n'ont que le temps de mourir

Comme c'est beau toutes ces fusées
Mais ce serait bien plus beau s'il y en avait plus encore
S'il y en avait des millions qui auraient un sens complet et relatif comme les lettres d'un livre
Pourtant c'est aussi beau que si la vie même sortait des mourants

Mais ce serait plus beau encore s'il y en avait plus encore
Cependant je les regarde comme une beauté qui s'offre et s'évanouit aussitôt
Il me semble assister à un grand festin éclairé a giorno
C'est un banquet que s'offre la terre

Elle a faim et ouvre de longues bouches pâles
La terre a faim et voici son festin de Balthasar cannibale

Qui aurait dit qu'on pût être à ce point anthropophage
Et qu'il fallût tant de feu pour rôtir le corps humain
C'est pourquoi l'air a un petit goût empyreumatique qui n'est ma foi pas désagréable
Mais le festin serait plus beau encore si le ciel y mangeait avec la terre
Il n'avale que les âmes
Ce qui est une façon de ne pas se nourrir
Et se contente de jongler avec des feux versicolores

Mais j'ai coulé dans la douceur de cette guerre avec toute ma compagnie au long des longs boyaux
Quelques cris de flamme annoncent sans cesse ma présence
J'ai creusé le lit où je coule en me ramifiant en mille petits fleuves qui vont partout
Je suis dans la tranchée de première ligne et cependant je suis partout ou plutôt je commence à être partout
C'est moi qui commence cette chose des siècles à venir
Ce sera plus long à réaliser que non la fable d'Icare volant

Je lègue à l'avenir l'histoire de Guillaume Apollinaire
Qui fut à la guerre et sut être partout
Dans les villes heureuses de l'arrière
Dans tout le reste de l'univers
Dans ceux qui meurent en piétinant dans le barbelé

Merveille de la guerre

Dans les femmes dans les canons dans les chevaux
Au zénith au nadir aux 4 points cardinaux
Et dans l'unique ardeur de cette veillée d'armes

Et ce serait sans doute bien plus beau
Si je pouvais supposer que toutes ces choses dans lesquelles je suis partout
Pouvaient m'occuper aussi
Mais dans ce sens il n'y a rien de fait
Car si je suis partout à cette heure il n'y a cependant que moi qui suis en moi

Exercice

Vers un village de l'arrière
S'en allaient quatre bombardiers
Ils étaient couverts de poussière
Depuis la tête jusqu'aux pieds

Ils regardaient la vaste plaine
En parlant entre eux du passé
Et ne se retournaient qu'à peine
Quand un obus avait toussé

Tous quatre de la classe seize
Parlaient d'antan non d'avenir
Ainsi se prolongeait l'ascèse
Qui les exerçait à mourir

À l'Italie

À Ardengo Soffici.

L'amour a remué ma vie comme on remue la terre
dans la zone des armées
J'atteignais l'âge mûr quand la guerre arriva
Et dans ce jour d'août 1915 le plus chaud de l'année
Bien abrité dans l'hypogée que j'ai creusé moi-même
C'est à toi que je songe Italie mère de mes pensées

Et déjà quand von Kluck marchait sur Paris avant la Marne
J'évoquais le sac de Rome par les Allemands
Le sac de Rome qu'ont décrit
Un Bonaparte le vicaire espagnol Delicado et l'Arétin
Je me disais
Est-il possible que la nation
Qui est la mère de la civilisation
Regarde sans la défendre les efforts qu'on fait pour
la détruire

Puis les temps sont venus les tombes se sont ouvertes
Les fantômes des Esclaves toujours frémissants
Se sont dressés en criant SUS AUX TUDESQUES
Nous l'armée invisible aux cris éblouissants
Plus doux que n'est le miel et plus simples qu'un
peu de terre
Nous te tournons bénignement le dos Italie
Mais ne t'en fais pas nous t'aimons bien
Italie mère qui es aussi notre fille

Nous sommes là tranquillement et sans tristesse
Et si malgré les masques les sacs de sable les rondins nous tombions
Nous savons qu'un autre prendrait notre place
Et que les Armées ne périront jamais

Les mois ne sont pas longs ni les jours ni les nuits
C'est la guerre qui est longue

Italie
Toi notre mère et notre fille quelque chose comme une sœur
J'ai comme toi pour me réconforter
Le quart de pinard
Qui met tant de différence entre nous et les Boches
J'ai aussi comme toi l'envol des compagnies de perdreaux des 75
Comme toi je n'ai pas cet orgueil sans joie des Boches et je sais rigoler
Je ne suis pas sentimental à l'excès comme le sont ces gens sans mesure que leurs actions dépassent sans qu'ils sachent s'amuser
Notre civilisation a plus de finesse que les choses qu'ils emploient
Elle est au-delà de la vie confortable
Et de ce qui est l'extérieur dans l'art et l'industrie
Les fleurs sont nos enfants et non les leurs
Même la fleur de lys qui meurt au Vatican
La plaine est infinie et les tranchées sont blanches
Les avions bourdonnent ainsi que des abeilles
Sur les roses momentanées des éclatements

Et les nuits sont parées de guirlandes d'éblouissements
De bulles de globules aux couleurs insoupçonnées

Nous jouissons de tout même de nos souffrances
Notre humeur est charmante l'ardeur vient quand il faut
Nous sommes narquois car nous savons faire la part des choses
Et il n'y a pas plus de folie chez celui qui jette les grenades que chez celui qui plume les patates
Tu aimes un peu plus que nous les gestes et les mots sonores
Tu as à ta disposition les sortilèges étrusques le sens de la majesté héroïque et le courageux honneur individuel
Nous avons le sourire nous devinons ce qu'on ne nous dit pas nous sommes démerdards et même ceux qui se dégonflent sauraient à l'occasion faire preuve de l'esprit de sacrifice qu'on appelle la bravoure
Et nous fumons du gros avec volupté

C'est la nuit je suis dans mon blockhaus éclairé par l'électricité en bâton
Je pense à toi pays des 2 volcans
Je salue le souvenir des sirènes et des scylles mortes au moment de Messine
Je salue le Colleoni équestre de Venise
Je salue la chemise rouge
Je t'envoie mes amitiés Italie et m'apprête à applaudir aux hauts faits de ta bleusaille
Non parce que j'imagine qu'il y aura jamais plus de bonheur ou de malheur en ce monde

Mais parce que comme toi j'aime à penser seul et que les Boches m'en empêcheraient
Mais parce que le goût naturel de la perfection que nous avons l'un et l'autre si on les laissait faire serait vite remplacé par je ne sais quelles commodités dont je n'ai que faire
Et surtout parce que comme toi je sais je veux choisir et qu'eux voudraient nous forcer à ne plus choisir
Une même destinée nous lie en cette occase

Ce n'est pas pour l'ensemble que je le dis
Mais pour chacun de toi Italie

Ne te borne point à prendre les terres irrédentes
Mets ton destin dans la balance où est la nôtre

Les réflecteurs dardent leurs lueurs comme des yeux d'escargots
Et les obus en tombant sont des chiens qui jettent de la terre avec leurs pattes après avoir fait leurs besoins

Notre armée invisible est une belle nuit constellée
Et chacun de nos hommes est un astre merveilleux

Ô nuit ô nuit éblouissante
Les morts sont avec nos soldats
Les morts sont debout dans les tranchées
Ou se glissent souterrainement vers les Bien-Aimées
Ô Lille Saint-Quentin Laon Maubeuge Vouziers
Nous jetons nos villes comme des grenades
Nos fleuves sont brandis comme des sabres
Nos montagnes chargent comme cavalerie

À l'Italie

Nous reprendrons les villes les fleuves et les collines
De la frontière helvétique aux frontières bataves
Entre toi et nous Italie
Il y a des patelins pleins de femmes
Et près de toi m'attend celle que j'adore
Ô Frères d'Italie

Ondes nuages délétères
Métalliques débris qui vous rouillez partout
Ô frères d'Italie vos plumes sur la tête
Italie
Entends crier Louvain vois Reims tordre ses bras
Et ce soldat blessé toujours debout Arras

Et maintenant chantons ceux qui sont morts
Ceux qui vivent
Les officiers les soldats
Les flingots Rosalie le canon la fusée l'hélice la pelle les chevaux
Chantons les bagues pâles les casques
Chantons ceux qui sont morts
Chantons la terre qui bâille d'ennui
Chantons et rigolons
Durant des années
Italie
Entends braire l'âne boche
Faisons la guerre à coups de fouets
Faits avec les rayons du soleil
Italie
Chantons et rigolons
Durant des années

La traversée

Du joli bateau de Port-Vendres
Tes yeux étaient les matelots
Et comme les flots étaient tendres
Dans les parages de Palos

Que de sous-marins dans mon âme
Naviguent et vont l'attendant
Le superbe navire où clame
Le chœur de ton regard ardent

Il y a

Il y a un vaisseau qui a emporté ma bien-aimée
Il y a dans le ciel six saucisses et la nuit venant on dirait des asticots dont naîtraient les étoiles
Il y a un sous-marin ennemi qui en voulait à mon amour
Il y a mille petits sapins brisés par les éclats d'obus autour de moi
Il y a un fantassin qui passe aveuglé par les gaz asphyxiants
Il y a que nous avons tout haché dans les boyaux de Nietzsche de Goethe et de Cologne
Il y a que je languis après une lettre qui tarde
Il y a dans mon porte-cartes plusieurs photos de mon amour
Il y a les prisonniers qui passent la mine inquiète
Il y a une batterie dont les servants s'agitent autour des pièces
Il y a le vaguemestre qui arrive au trot par le chemin de l'Arbre isolé
Il y a dit-on un espion qui rôde par ici invisible comme l'horizon dont il s'est indignement revêtu et avec quoi il se confond
Il y a dressé comme un lys le buste de mon amour
Il y a un capitaine qui attend avec anxiété les communications de la T. S. F. sur l'Atlantique
Il y a à minuit des soldats qui scient des planches pour les cercueils
Il y a des femmes qui demandent du maïs à grands cris devant un Christ sanglant à Mexico

Il y a le Gulf Stream qui est si tiède et si bienfaisant
Il y a un cimetière plein de croix à 5 kilomètres
Il y a des croix partout de-ci de-là
Il y a des figues de Barbarie sur ces cactus en Algérie
Il y a les longues mains souples de mon amour
Il y a un encrier que j'avais fait dans une fusée de 15 centimètres et qu'on n'a pas laissé partir
Il y a ma selle exposée à la pluie
Il y a les fleuves qui ne remontent pas leurs cours
Il y a l'amour qui m'entraîne avec douceur
Il y avait un prisonnier boche qui portait sa mitrailleuse sur son dos
Il y a des hommes dans le monde qui n'ont jamais été à la guerre
Il y a des Hindous qui regardent avec étonnement les campagnes occidentales
Ils pensent avec mélancolie à ceux dont ils se demandent s'ils les reverront
Car on a poussé très loin durant cette guerre l'art de l'invisibilité

L'espionne

Pâle espionne de l'Amour
Ma mémoire à peine fidèle
N'eut pour observer cette belle
Forteresse qu'une heure un jour

Tu te déguises
                    À ta guise
Mémoire espionne du cœur
Tu ne retrouves plus l'exquise
Ruse et le cœur seul est vainqueur

Mais la vois-tu cette mémoire
Les yeux bandés prête à mourir
Elle affirme qu'on peut l'en croire
Mon cœur vaincra sans coup férir

Le chant d'amour

Voici de quoi est fait le chant symphonique de l'amour
Il y a le chant de l'amour de jadis
Le bruit des baisers éperdus des amants illustres
Les cris d'amour des mortelles violées par les dieux
Les virilités des héros fabuleux érigées comme des pièces contre avions
Le hurlement précieux de Jason
Le chant mortel du cygne
Et l'hymne victorieux que les premiers rayons du soleil ont fait chanter à Memnon l'immobile
Il y a le cri des Sabines au moment de l'enlèvement
Il y a aussi les cris d'amour des félins dans les jongles
La rumeur sourde des sèves montant dans les plantes tropicales
Le tonnerre des artilleries qui accomplissent le terrible amour des peuples
Les vagues de la mer où naît la vie et la beauté

Il y a là le chant de tout l'amour du monde

Aussi bien que les cigales

gens du Midi ne savez pas M
gens du mi creuser que ais
di vous n' vous ne sa vous
avez donc vez pas vous savez
pas regar éclairer ni encore
dé les ciga voir Que vous boire com le jour
les que vous manque-t-il me les ci de gloire
donc pour gales ô se
voir aus gens du Mi *c* ra
si bien di gens du *reusez* ce
que les soleil gens qui *voyez bu* lui
ciga devriez savoir *vez pissez* où
les creuser et voir *comme* vous
aussi bien pour le *les ciga* sau
moins aussi bien *les* rez
que les cigales creu
Eh quoi ! vous savez *gens du Midi il faut* ser
boire et ne savez *creuser voir boire* pour
plus pisser utile *pisser aussi bien que* bien
ment comme les *les cigales* soi
cigales LA JOIE *pour chan* tir
ADORABLE *ter com* au
DE LA PAIX *me elles* so
SOLAIRE leil

Simultanéités

Les canons tonnent dans la nuit
On dirait des vagues tempête
Des cœurs où pointe un grand ennui
Ennui qui toujours se répète

Il regarde venir là-bas
Les prisonniers L'heure est si douce
Dans ce grand bruit ouaté très bas
Très bas qui grandit sans secousse

Il tient son casque dans ses mains
Pour saluer la souvenance
Des lys des roses des jasmins
Éclos dans les jardins de France

Et sous la cagoule masqué
Il pense à des cheveux si sombres
Mais qui donc l'attend sur le quai
Ô vaste mer aux mauves ombres

Belles noix du vivant noyer
La grand' folie en vain vous gaule
Brunette écoute gazouiller
La mésange sur ton épaule

Notre amour est une lueur
Qu'un projecteur du cœur dirige
Vers l'ardeur égale du cœur
Qui sur le haut Phare s'érige

Simultanéités

Ô phare-fleur mes souvenirs
Les cheveux noirs de Madeleine
Les atroces lueurs des tirs
Ajoutent leur clarté soudaine
À tes beaux yeux ô Madeleine

Du coton dans les oreilles

Tant d'explosifs sur le point VIF !

l'oses *guerre*

tu *en*

si *toujours*

mot *âme*

un *mon*

Ecris *dans* **feu**

d'impacts **le**

? *points* **crache**

Les **féroce**

troupeau

Ton

OMÉGAPHONE

Ceux qui revenaient de la mort
En attendaient une pareille
Et tout ce qui venait du nord
Allait obscurcir le soleil

Mais que voulez-vous
c'est son sort
Allô la truie

C'est quand sonnera le réveil
ALLÔ LA TRUIE
La sentinelle au long regard
La sentinelle au long regard
Et la cagnat s'appelait

LES CÉNOBITES TRANQUILLES

La sentinelle au long regard la sentinelle au large regard
Allô la truie

Tant et tant de coquelicots
D'où tant de sang a-t-il coulé
Qu'est-ce qu'il se met dans le coco
Bon sang de bois il s'est saoulé

Et sans pinard et sans tacot
Avec de l'eau
Allô la truie

Le silence des phonographes
Mitrailleuses des cinémas
Tout l'échelon là-bas piaffe

Fleurs de feu des lueurs-frimas
Puisque le canon avait soif
Allô la truie
Et les trajectoires cabrées
Trébuchements de soleils-nains
Sur tant de chansons déchirées

Il a l'Étoile du Benin
Mais du singe en boîtes carrées
Crois-tu qu'il y aura la guerre
Allô la truie
Ah ! s'il vous plaît
Ami l'Anglais
Ah ! qu'il est laid
Ton frère ton frère ton frère de lait

Et je mangeais du pain de Gênes
En respirant leurs gaz lacrymogènes
Mets du coton dans tes oreilles
D'siré

Puis ce fut cette fleur sans nom
À peine un souffle un souvenir

Du coton dans les oreilles

Quand s'en allèrent les canons
Au tour des roues heure à courir
La baleine a d'autres fanons
Éclatements qui nous fanons

Mais mets du coton dans tes oreilles
Évidemment les fanions
Des signaleurs
Allô la truie

Ici la musique militaire joue
Quelque chose
Et chacun se souvient d'une joue
Rose
Parce que même les airs entraînants
Ont quelque chose de déchirant quand on les entend à la guerre

Écoute s'il pleut écoute s'il pleut

puis
é
cou
tez
tom
ber
la
pluie
si
ten
dre
et
si
dou
ce

sol
dats
a
veu
gles
per
dus
par
mi
les
che
vaux
de
fri
se
sous
la
lu
ne
li
qui
de

des
Flan
dres
à
l'
a
go
nie
sous
la
pluie
fi
ne
la
pluie
si
ten
dre
et
si
dou
ce

con
fon
dez-
vous
a
vec
l'
ho
ri
zon
beaux
ê
tres
in
vi
si
bles
sous
la
pluie
fi
ne

la
pluie
si
ten
dre
la
pluie
si
dou
ce

Les longs boyaux où tu chemines
Adieu les cagnats d'artilleurs
Tu retrouveras
La tranchée en première ligne
Les éléphants des pare-éclats
Une girouette maligne
Et les regards des guetteurs las
Qui veillent le silence insigne
Ne vois-tu rien venir

Du coton dans les oreilles

au
Pé
ris
co
pe

La balle qui froisse le silence
Les projectiles d'artillerie qui glissent
Comme un fleuve aérien
Ne mettez plus de coton dans les oreilles
Ça n'en vaut plus la peine
Mais appelez donc Napoléon sur la tour
Allô

Le petit geste du fantassin qui se gratte au cou
où les totos le démangent
La vague
Dans les caves
Dans les caves

LA TÊTE ÉTOILÉE

Le départ

Et leurs visages étaient pâles
Et leurs sanglots s'étaient brisés

Comme la neige aux purs pétales
Ou bien tes mains sur mes baisers
Tombaient les feuilles automnales

Le vigneron champenois

Le régiment arrive
Le village est presque endormi dans la lumière parfumée
Un prêtre a le casque en tête
La bouteille champenoise est-elle ou non une artillerie
Les ceps de vigne comme l'hermine sur un écu
Bonjour soldats
Je les ai vus passer et repasser en courant
Bonjour soldats bouteilles champenoises où le sang fermente
Vous resterez quelques jours et puis remonterez en ligne
Échelonnés ainsi que sont les ceps de vigne
J'envoie mes bouteilles partout comme les obus d'une charmante artillerie

La nuit est blonde ô vin blond
Un vigneron chantait courbé dans sa vigne
Un vigneron sans bouche au fond de l'horizon
Un vigneron qui était lui-même la bouteille vivante
Un vigneron qui sait ce qu'est la guerre
Un vigneron champenois qui est un artilleur

C'est maintenant le soir et l'on joue à la mouche
Puis les soldats s'en iront là-haut
Où l'Artillerie débouche ses bouteilles crémantes
Allons Adieu messieurs tâchez de revenir
Mais nul ne sait ce qui peut advenir

Carte postale

Je t'écris de dessous la tente
Tandis que meurt ce jour d'été
Où floraison éblouissante
Dans le ciel à peine bleuté
Une canonnade éclatante
Se fane avant d'avoir été

Éventail des saveurs

Attols singuliers
de brownings quel
goût
de viv
re Ah!

Des lacs versicolores
Dans les glaciers solaires

1 tout
petit
oiseau
qui n'a pas
de queue et
qui s'envole
quand on
lui en met
u ne

Mes tapis de la saveur moussons des sons obscurs
et ta bouche au souffle
azur

ouïs ouïs le cri les pas le pho
NOGRAPHE ouïs ouïs L'ALOÈS
éclater et le petit mirliton

Souvenirs

Deux lacs nègres
    Entre une forêt
        Et une chemise qui sèche

Bouche ouverte sur un harmonium
C'était une voix faite d'yeux
Tandis qu'il traîne de petites gens

Une toute petite vieille au nez pointu
J'admire la bouillotte d'émail bleu
Mais le rat pénètre dans le cadavre et y demeure

Un monsieur en bras de chemise
Se rase près de la fenêtre
En chantant un petit air qu'il ne sait pas très bien
Ça fait tout un opéra

Toi qui te tournes vers le roi
Est-ce que Dieu voudrait mourir encore

L’avenir

Soulevons la paille
Regardons la neige
Écrivons des lettres
Attendons des ordres

Fumons la pipe
En songeant à l’amour
Les gabions sont là
Regardons la rose

La fontaine n’a pas tari
Pas plus que l’or de la paille ne s’est terni
Regardons l’abeille
Et ne songeons pas à l’avenir

Regardons nos mains
Qui sont la neige
La rose et l’abeille
Ainsi que l’avenir

Un oiseau chante

Un oiseau chante ne sais où
C'est je crois ton âme qui veille
Parmi tous les soldats d'un sou
Et l'oiseau charme mon oreille

Écoute il chante tendrement
Je ne sais pas sur quelle branche
Et partout il va me charmant
Nuit et jour semaine et dimanche

Mais que dire de cet oiseau
Que dire des métamorphoses
De l'âme en chant dans l'arbrisseau
Du cœur en ciel du ciel en roses

L'oiseau des soldats c'est l'amour
Et mon amour c'est une fille
La rose est moins parfaite et pour
Moi seul l'oiseau bleu s'égosille

Oiseau bleu comme le cœur bleu
De mon amour au cœur céleste
Ton chant si doux répète-le
À la mitrailleuse funeste

Qui claque à l'horizon et puis
Sont-ce les astres que l'on sème
Ainsi vont les jours et les nuits
Amour bleu comme est le cœur même

Chevaux de frise

Pendant le blanc et nocturne novembre
Alors que les arbres déchiquetés par l'artillerie
Vieillissaient encore sous la neige
Et semblaient à peine des chevaux de frise
Entourés de vagues de fils de fer
Mon cœur renaissait comme un arbre au printemps
Un arbre fruitier sur lequel s'épanouissent
Les fleurs de l'amour

Pendant le blanc et nocturne novembre
Tandis que chantaient épouvantablement les obus
Et que les fleurs mortes de la terre exhalaient
Leurs mortelles odeurs
Moi je décrivais tous les jours mon amour à Madeleine
La neige met de pâles fleurs sur les arbres
Et toisonne d'hermine les chevaux de frise
Que l'on voit partout
Abandonnés et sinistres
Chevaux muets
Non chevaux barbes mais barbelés
Et je les anime tout soudain
En troupeau de jolis chevaux pies
Qui vont vers toi comme de blanches vagues
Sur la Méditerranée
Et t'apportent mon amour
Roselys ô panthère ô colombes étoile bleue
Ô Madeleine
Je t'aime avec délices

Chevaux de frise

Si je songe à tes yeux je songe aux sources fraîches
Si je pense à ta bouche les roses m'apparaissent
Si je songe à tes seins le Paraclet descend
Ô double colombe de ta poitrine
Et vient délier ma langue de poète
Pour te redire
Je t'aime
Ton visage est un bouquet de fleurs
Aujourd'hui je te vois non Panthère
Mais Toutefleur
Et je te respire ô ma Toutefleur
Tous les lys montent en toi comme des cantiques d'amour et d'allégresse
Et ces chants qui s'envolent vers toi
M'emportent à ton côté
Dans ton bel Orient où les lys
Se changent en palmiers qui de leurs belles mains
Me font signe de venir
La fusée s'épanouit fleur nocturne
Quand il fait noir
Et elle retombe comme une pluie de larmes amoureuses
De larmes heureuses que la joie fait couler
Et je t'aime comme tu m'aimes
Madeleine

Chant de l'honneur

LE POÈTE

Je me souviens ce soir de ce drame indien
Le Chariot d'Enfant un voleur y survient
Qui pense avant de faire un trou dans la muraille
Quelle forme il convient de donner à l'entaille
Afin que la beauté ne perde pas ses droits
Même au moment d'un crime
                                        Et nous aurions je crois
À l'instant de périr nous poètes nous hommes
Un souci de même ordre à la guerre où nous sommes

Mais ici comme ailleurs je le sais la beauté
N'est la plupart du temps que la simplicité
Et combien j'en ai vu qui morts dans la tranchée
Étaient restés debout et la tête penchée
S'appuyant simplement contre le parapet

J'en vis quatre une fois qu'un même obus frappait
Ils restèrent longtemps ainsi morts et très crânes
Avec l'aspect penché de quatre tours pisanes

Depuis dix jours au fond d'un couloir trop étroit
Dans les éboulements et la boue et le froid
Parmi la chair qui souffre et dans la pourriture
Anxieux nous gardons la route de Tahure

J'ai plus que les trois cœurs des poulpes pour souffrir
Vos cœurs sont tous en moi je sens chaque blessure

Ô mes soldats souffrants ô blessés à mourir
Cette nuit est si belle où la balle roucoule
Tout un fleuve d'obus sur nos têtes s'écoule
Parfois une fusée illumine la nuit
C'est une fleur qui s'ouvre et puis s'évanouit
La terre se lamente et comme une marée
Monte le flot chantant dans mon abri de craie
Séjour de l'insomnie incertaine maison
De l'Alerte la Mort et la Démangeaison

LA TRANCHÉE

Ô jeunes gens je m'offre à vous comme une épouse
Mon amour est puissant j'aime jusqu'à la mort
Tapie au fond du sol je vous guette jalouse
Et mon corps n'est en tout qu'un long baiser qui mord

LES BALLES

De nos ruches d'acier sortons à tire-d'aile
Abeilles le butin qui sanglant emmielle
Les doux rayons d'un jour qui toujours renouvelle
Provient de ce jardin exquis l'humanité
Aux fleurs d'intelligence à parfum de beauté

LE POÈTE

Le Christ n'est donc venu qu'en vain parmi les hommes
Si des fleuves de sang limitent les royaumes
Et même de l'Amour on sait la cruauté
C'est pourquoi faut au moins penser à la Beauté
Seule chose ici-bas qui jamais n'est mauvaise

Elle porte cent noms dans la langue française
Grâce Vertu Courage Honneur et ce n'est là
Que la même Beauté

LA FRANCE

Poète honore-la
Souci de la Beauté non souci de la Gloire
Mais la Perfection n'est-ce pas la Victoire

LE POÈTE

Ô poètes des temps à venir ô chanteurs
Je chante la beauté de toutes nos douleurs
J'en ai saisi des traits mais vous saurez bien mieux
Donner un sens sublime aux gestes glorieux
Et fixer la grandeur de ces trépas pieux

L'un qui détend son corps en jetant des grenades
L'autre ardent à tirer nourrit les fusillades
L'autre les bras ballants porte des seaux de vin
Et le prêtre-soldat dit le secret divin

J'interprète pour tous la douceur des trois notes
Que lance un loriot canon quand tu sanglotes

Qui donc saura jamais que de fois j'ai pleuré
Ma génération sur ton trépas sacré
Prends mes vers ô ma France Avenir Multitude
Chantez ce que je chante un chant pur le prélude
Des chants sacrés que la beauté de notre temps
Saura vous inspirer plus purs plus éclatants
Que ceux que je m'efforce à moduler ce soir
En l'honneur de l'Honneur la beauté du Devoir

17 décembre 1915.

Chef de section

Ma bouche aura des ardeurs de géhenne
Ma bouche te sera un enfer de douceur et de séduction
Les anges de ma bouche trôneront dans ton cœur
Les soldats de ma bouche te prendront d'assaut
Les prêtres de ma bouche encenseront ta beauté
Ton âme s'agitera comme une région pendant un tremblement de terre
Tes yeux seront alors chargés de tout l'amour qui s'est amassé dans les regards de l'humanité depuis qu'elle existe
Ma bouche sera une armée contre toi une armée pleine de disparates
Variée comme un enchanteur qui sait varier ses métamorphoses
L'orchestre et les chœurs de ma bouche te diront mon amour
Elle te le murmure de loin
Tandis que les yeux fixés sur la montre j'attends la minute prescrite pour l'assaut

Tristesse d'une étoile

Une belle Minerve est l'enfant de ma tête
Une étoile de sang me couronne à jamais
La raison est au fond et le ciel est au faîte
Du chef où dès longtemps Déesse tu t'armais

C'est pourquoi de mes maux ce n'était pas le pire
Ce trou presque mortel et qui s'est étoilé
Mais le secret malheur qui nourrit mon délire
Est bien plus grand qu'aucune âme ait jamais celé

Et je porte avec moi cette ardente souffrance
Comme le ver luisant tient son corps enflammé
Comme au cœur du soldat il palpite la France
Et comme au cœur du lys le pollen parfumé

La victoire

Un coq chante je rêve et les feuillards agitent
Leurs feuilles qui ressemblent à de pauvres marins

Ailés et tournoyants comme Icare le faux
Des aveugles gesticulant comme des fourmis
Se miraient sous la pluie aux reflets du trottoir

Leurs rires amassés en grappes de raisin

Ne sors plus de chez moi diamant qui parlais
Dors doucement tu es chez toi tout t'appartient
Mon lit ma lampe et mon casque troué

Regards précieux saphirs taillés aux environs de Saint-Claude
Les jours étaient une pure émeraude

Je me souviens de toi ville des météores
Ils fleurissaient en l'air pendant ces nuits où rien ne dort
Jardins de la lumière où j'ai cueilli des bouquets

Tu dois en avoir assez de faire peur à ce ciel
Qu'il garde son hoquet
On imagine difficilement
À quel point le succès rend les gens stupides et tranquilles

À l'institut des jeunes aveugles on a demandé
N'avez-vous point de jeune aveugle ailé

Ô bouches l'homme est à la recherche d'un nouveau langage
Auquel le grammairien d'aucune langue n'aura rien à dire

Et ces vieilles langues sont tellement près de mourir
Que c'est vraiment par habitude et manque d'audace
Qu'on les fait encore servir à la poésie

Mais elles sont comme des malades sans volonté
Ma foi les gens s'habitueraient vite au mutisme
La mimique suffit bien au cinéma

Mais entêtons-nous à parler
Remuons la langue
Lançons des postillons
On veut de nouveaux sons de nouveaux sons de nouveaux sons
On veut des consonnes sans voyelles
Des consonnes qui pètent sourdement
Imitez le son de la toupie
Laissez pétiller un son nasal et continu
Faites claquer votre langue
Servez-vous du bruit sourd de celui qui mange sans civilité
Le raclement aspiré du crachement ferait aussi une belle consonne
Les divers pets labiaux rendraient aussi vos discours claironnants
Habituez-vous à roter à volonté

Et quelle lettre grave comme un son de cloche
          À travers nos mémoires
Nous n'aimons pas assez la joie
De voir les belles choses neuves
Ô mon amie hâte-toi
Crains qu'un jour un train ne t'émeuve
               Plus
Regarde-le plus vite pour toi
Ces chemins de fer qui circulent
Sortiront bientôt de la vie
Ils seront beaux et ridicules
Deux lampes brûlent devant moi
Comme deux femmes qui rient
Je courbe tristement la tête
Devant l'ardente moquerie
Ce rire se répand
Partout
Parlez avec les mains faites claquer vos doigts
Tapez-vous sur la joue comme sur un tambour
                              Ô paroles
          Elles suivent dans la myrtaie
          L'Éros et l'Antéros en larmes
Je suis le ciel de la cité

Écoutez la mer

La mer gémir au loin et crier toute seule
          Ma voix fidèle comme l'ombre
          Veut être enfin l'ombre de la vie
Veut être ô mer vivante infidèle comme toi

La mer qui a trahi des matelots sans nombre
Engloutit mes grands cris comme des dieux noyés
Et la mer au soleil ne supporte que l'ombre
Que jettent des oiseaux les ailes éployées

La parole est soudaine et c'est un Dieu qui tremble
Avance et soutiens-moi je regrette les mains
De ceux qui les tendaient et m'adoraient ensemble
Quelle oasis de bras m'accueillera demain
Connais-tu cette joie de voir des choses neuves

Ô voix je parle le langage de la mer
Et dans le port la nuit des dernières tavernes
Moi qui suis plus têtu que non l'hydre de Lerne

La rue où nagent mes deux mains
Aux doigts subtils fouillant la ville
S'en va mais qui sait si demain
La rue devenant immobile
Qui sait où serait mon chemin
Songe que les chemins de fer
Seront démodés et abandonnés dans peu de temps
Regarde

La Victoire avant tout sera
De bien voir au loin
De tout voir
De près
Et que tout ait un nom nouveau

La jolie rousse

Me voici devant tous un homme plein de sens
Connaissant la vie et de la mort ce qu'un vivant peut connaître
Ayant éprouvé les douleurs et les joies de l'amour
Ayant su quelquefois imposer ses idées
Connaissant plusieurs langages
Ayant pas mal voyagé
Ayant vu la guerre dans l'Artillerie et l'Infanterie
Blessé à la tête trépané sous le chloroforme
Ayant perdu ses meilleurs amis dans l'effroyable lutte
Je sais d'ancien et de nouveau autant qu'un homme seul pourrait des deux savoir
Et sans m'inquiéter aujourd'hui de cette guerre
Entre nous et pour nous mes amis
Je juge cette longue querelle de la tradition et de l'invention
De l'Ordre et de l'Aventure

Vous dont la bouche est faite à l'image de celle de Dieu
Bouche qui est l'ordre même
Soyez indulgents quand vous nous comparez
À ceux qui furent la perfection de l'ordre
Nous qui quêtons partout l'aventure
Nous ne sommes pas vos ennemis
Nous voulons vous donner de vastes et d'étranges domaines
Où le mystère en fleurs s'offre à qui veut le cueillir

Il y a là des feux nouveaux des couleurs jamais vues
Mille phantasmes impondérables
Auxquels il faut donner de la réalité

Nous voulons explorer la bonté contrée énorme où tout se tait
Il y a aussi le temps qu'on peut chasser ou faire revenir
Pitié pour nous qui combattons toujours aux frontières
De l'illimité et de l'avenir
Pitié pour nos erreurs pitié pour nos péchés

Voici que vient l'été la saison violente
Et ma jeunesse est morte ainsi que le printemps
Ô Soleil c'est le temps de la Raison ardente
                    Et j'attends
Pour la suivre toujours la forme noble et douce
Qu'elle prend afin que je l'aime seulement
Elle vient et m'attire ainsi qu'un fer l'aimant
        Elle a l'aspect charmant
        D'une adorable rousse

Ses cheveux sont d'or on dirait
Un bel éclair qui durerait
Ou ces flammes qui se pavanent
Dans les roses-thé qui se fanent

Mais riez riez de moi
Hommes de partout surtout gens d'ici
Car il y a tant de choses que je n'ose vous dire
Tant de choses que vous ne me laisseriez pas dire
Ayez pitié de moi

Table des matières

ALCOOLS

Table des matières

CALLIGRAMMES

ONDES

Table des matières

Composé par Nord Compo
à Villeneuve-d'Ascq (Nord)

POCKET – 12, avenue d'Italie – 75627 Paris cedex 13

Imprimé en France par

MAURY IMPRIMEUR
à Malesherbes (Loiret)
en septembre 2017

POCKET – 12, avenue d'Italie – 75627 Paris Cedex 13

N° d'impression : 221323
Dépôt légal : octobre 2013
Suite du premier tirage : septembre 2017
S24320/06